みつばの郵便屋さん

あなたを祝う人

小野寺史宜

ポプラ文庫

contents

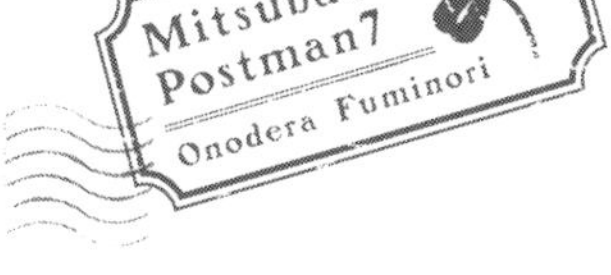

Mitsuba's
Postman7
Onodera Fuminori

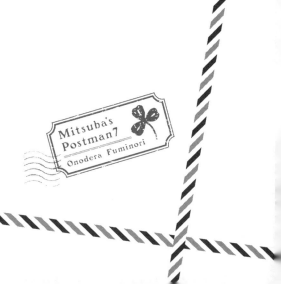

みつばの郵便屋さん

Mitsuba's Postman

Onodera Fuminori

あなたを祝う人

小野寺史宜

あなたを祝う人

「いやぁ、また動かなかったねぇ」

「そうですね」

「まあ、十月という可能性もなくはないけど」

「はい」

「とりあえず、今年度もよろしく」

「こちらこそ」

　確か去年も同じような言葉を交わした。

　小松敏也《こまつとしや》課長と僕。さすがにそろそろ異動だろう、と思われた二人だ。小松課長はみつば郵便局九年めで、僕は八年め。どちらも声はかからなかった。

　三月三十一日と何も変わらない四月一日。微かな安堵《あんど》とともに、新年度が始まる。

　去年、僕は三十歳になった。やはり何も変わらなかった。二十九歳最後の日の翌日が、三十歳最初の日。たった一日で変わるわけがないのだ。

　と、去年の誕生日にはそう思ったのだが。

数ヵ月経った今になれば、二十代のころよりも一年が早く過ぎた感じはする。気がつけばこうしてまた年度替わりの四月一日を迎えている、といった具合。

三十代でこうなら、四十代の一年はもっと早いだろう。体力は今以上に衰えているはずだし、気力だって衰えているはずだ。

四十代半ばでその手のことを言う人は多い。今四十七歳の小松課長も、二年ほど前にこう言った。やっぱりね、四十を過ぎたころからいろいろ落ちてきたよ。

四十歳の僕。まだ郵便配達をしているだろうか。そのときもこのみつば局にいることはないはずだが、どの町にもあるみつば第三公園のような児童公園で休憩中に鉄棒の逆上がりをしているだろうか。その程度の体力と気力はきちんと保てているだろうか。

などと新年度早々十年先のことを考えながら、配達かばんに郵便物を詰める。

隣の区分棚の前で同じ作業をしながら、同期の筒井《つつい》美郷《みさと》さんが言う。

「今年もウチの班はなしか」

「そうだね」

人員の補充はなし、ということだ。

よそへ異動していった人もいるから、集配課自体に社員の新人は来た。でも入ったのはほかの班。一班は変わらず。

いや、変わらずといっても、実情はマイナス。アルバイトの五味奏《ごみそう》くんの出勤日が週一、土曜だけになってしまったのだ。

五味くんは国立大工学部の三年生。理系は本当に大変らしいからしかたない。

前年度も火曜と土曜の週二ではあったが、そこは堅い五味くん、大学の定期テストと重なった日以外は一日も休まず出勤し、みつば一区か二区を丸々持ってくれた。たとえ一日でも減るのは痛い。浮いたその分を周りがカバーしなければならないので。

アルバイトに応募してきた人が週一の勤務を希望した場合、小松課長はまず採用しない。配達初心者だと、それではなかなか仕事を覚えられないからだ。

運転免許をとるときも、技能教習の間隔を空けてしまうとなかなか上達しない。配達もそうなのだ。郵便物を積んだバイクの重みやその町の感じを体で覚えることが大事。

でも五味くんのような経験者の場合、週一ではダメ、となることはない。アルバイトさんがそんなには集まらない今、いてくれるだけで充分たすかるのだ。しかも五味くんは大学の夏休みや冬休みにはフルの週五で出てくれたりもするから。

美郷さんのさらに隣の区分棚の前で、今度は谷英樹《たにひでき》さんが言う。

「新人が来ねえと、平本《ひらもと》の神通区《かみつうく》も見せ場がないな」

「それは別にいいですよ」

通区とは、新しく来た人に配達のコースを教えることだ。

こちらがバイクで前を行って配達し、あとについてきてもらう。各家で何か注意点があれば、その都度それも伝える。このお宅の犬は油断させておいていきなり吠えるから要警戒、とか、このお宅のチャイムは旧型でボタンを押したときのピンは鳴らずに指を離したときのポンだけが鳴るからそのポンに全力投球、とか。

通区は社員もアルバイトさんも関係ない。どちら相手にもおこなう。初心者だと三日かけるが、すでに配達を長く経験している社員だと一日二日ですませることも多い。

「谷さんも平本くんに通区してもらいなよ」と美郷さんが言い、

「何でだよ」と谷さんが言う。

「そうやって、たまには初心に返るの。基礎をあらためて確認する。各家の情報をあらためて共有する」

「まあ、たまにはそれもいいかもな」

「あ、意外にも素直」

「だって、それをさせてくれんなら楽だろ。ただついてきゃいいんだから」

「いやいや」と僕。「谷さん、絶対にちゃんとついてこないですよね。まちがいなく、途中で消えますよ」

五年前に僕が四葉《よつば》で通区をしたとき。実際に谷さんはちゃんとついてこなかった。途中で何度もわき道に消えた。

ほんとに？　と当時は思ったが。

今思えば、あれはまさに町の感じをつかもうとしていたのだ。つまり、地形や方角を谷さんなりにチェックしていたのだ。

「わたしも久しぶりに平本くんに通区してほしいな」

「もうできる区がないよ。僕がまわれるところは美郷さんも全部まわれるじゃない」

「だからその基礎再確認通区。平本くんについていけば、お昼に焼きそばも食べられそうだし。何度も言うけどさ、配属初日のあれはほんとに驚いたよ。庭でバーベキューをやってたお宅で郵便配達員がお昼をごちそうになる。この町、何？　って思った」

「今井《いまい》さんち？」と谷さん。

「そう」と美郷さん。

確かにそんなことがあった。あれは僕も驚いた。

四葉五一の今井博利《ひろとし》さん。孫の貴哉《たかや》くんと広い庭で鉄板焼きをやっていたところへ、美郷さんを連れた僕がやってきた。今井さんは考えもせずに言った。ちょうどよかった。食べてってよ。

郵便屋がただその日の配達に来ただけ。そういうのを、ちょうどよかった、とは言わない。でも言えてしまうのだから今井さんは神。

「あの人、おれにまで缶コーヒーをくれるからな」

「おれにまでって何よ」

「いや、礼儀正しい平本にゃんのはわかるよ。でもおれなんかにはくんないだろ、普通」

「今井さんはそんなふうに人を区別する人じゃないよ」

そのとおりだと思う。単純な話だ。神は人を区別しない。

この谷さんと美郷さんは付き合っている。同僚としてではなく、カレシカノジョとして。

谷さんは四年先輩だから、付き合いだしてからも美郷さんは敬語をつかっているが、最近は今みたいにタメ口交じりになることも多い。名前にさん付けはするが、言葉や口調はたまにくだける。

でもそれはカレシ相手だからでもない。谷さんより二歳上の山浦善晴《やまうらよしはる》さんに対してても同じ。美郷さんはそういうのを自然にやれる人だ。それで相手を不快にさせたりはしない。強く見えてやわらかい。

「じゃあ、行きますか」と美郷さんが言い、

「新年度一発め」と谷さんが言って、

「行きましょう」と僕が言う。

車庫に移り、バイクを素早く点検し、スタート。それぞれの配達区へと分かれていく。

今日の僕の担当はみつばだ。一戸建てが多いみつば一区。五味くんが夏休みに入るまではこのみつば一区や二区を持つことが増える。週四みつばで週一四葉。と、そんな感じ。

四月といえば春。春といえば暖かい。はずなのだが、バイクだとまだ寒い。それは今年も同じ。

中学生や高校生だったころはそんなに寒さを感じなかったような気がする。四月に制服の上に何かを着るようなことはなかったし、なかにTシャツを重ね着することもなかった。

そこが自転車とバイクのちがいだ。バイクに乗ると、常に風にさらされた状態になる。風自体はそう冷たくなくても、体はあっという間に冷える。

そうは言っても、春は春。気分は決して悪くない。

というのはあくまでも僕の意見。

なかには春を歓迎しない人もいる。花粉症持ちの人だ。近いところでは山浦さん。三月からずっとクシャンクシャンやりながら、目がかゆいかゆい言っている。スギのあとはヒノキ。毎年ゴールデンウィーク明けまではダメだそうだ。

外の仕事で花粉症はつらい。だから山浦さんは眠くなりにくい服用薬や目薬を耳鼻科医院でもらっている。

こないだも言っていた。

「少しでもお金を浮かして懐に入れようと企んでるんだけどね、やっぱり無理だわ。薬を飲まなきゃ仕事にならない。といっても、領収書の提示を求められるから、飲まなくてもごまかしは利かないんだけど」

「奥さん、提示を求めるんですか？」

「求めるねぇ。場合によっては、領収書を見せたあとにやっとその分の現金を支給、なんてこともあるよ。まあ、二人めも生まれたからしかたないけどね」

二人め。小梅《こうめ》ちゃんだ。上の小波《こなみ》ちゃんとは四歳差。姉妹。

山浦さんはみつば局に来て三年め。二歳だった小波ちゃんは今年五歳になる。親類でも何でもないのに、僕はその成長過程を知っている。山浦さんが毎週スマホで写真を見せてくれるからだ。

下の小梅ちゃんが生まれたのは去年の十一月。だからこちらは生後数日から知っている。この四ヵ月の成長ぶりを見ている。

子どもがいれば人の生活は変わるのだろうな、と思う。自分は変わらなくても、子どもが変わる。動くというか、育つ。それが自分にとっての変化にもなるだろう。実際、自分が何歳のとき、との見方でなく、子どもが何歳のとき、との見方で過去を振り返る親は多い。

時間が経つことで環境は変わる。環境が変わることで人も変わる。それは何も人に限らない。町も同じだ。

このみつばの町も少し変わった。何と、カフェができたのだ。

いや、カフェぐらいできるでしょ、と思われるかもしれないが。住宅地に案外カフェはできない。できたとしても、せいぜい駅前。

東京ならまたちがうだろうが、みつばのようなベッドタウンではそうもいかない。できても長くは続かない。根づかない。採算を度外視した趣味の店、という形でやっていくのでさえ難しい。

そのカフェができたのは二丁目。駅前ではない。といって、住宅地のど真ん中でもない。市役所通り沿い。みつば中央公園の並びだ。駅からはちょっと距離がある。

薬局と美容室とパン屋さんと眼鏡屋さん。テナントが四つ入っていた横長の建物。その駅寄りの側、眼鏡屋さんがあったところに、一ヵ月ほど前から改装の手が入った。

何になるのかと思って見ていたら、カフェになった。驚くと同時に、あぁ、なるほど、と思った。この場所ならありかもなぁ、と。

三日前に看板が掛かり、ようやく店名が判明した。café novelette。カフェ『ノヴェレッテ』だ。

今度は、おぉ、と思った。意味はわからないがカフェっぽい、と。

午前から午後にかけて一丁目二丁目と順調に配達をこなし、みつば第二公園での休憩を経て、今日もその一帯に差しかかる。

ほぼ完成したと思われるそのお店に人がいたので、声をかけてみることにした。

ガラスのドアを少し押し開けて、言う。

「こんにちは。郵便局です」

奥のカウンターの内側にいたお店の人が言う。

「あ、はい。こんにちは」

そしてすぐにこちらへ出てきてくれる。僕と同年輩の男性だ。細身で色白。

「突然すいません。こちら、近々オープンなさいますか?」

「はい。しあさって。土曜からです」

「えーと、四日、ですか」

「そうですね。四月四日って、あまり縁起がよくないような気もするんですけど、一応、大安なので」

「あぁ、なるほど。失礼ですが、店長さんでいらっしゃいますか？」

「はい。エジマといいます」

名前まで教えてくれたので、僕も言う。

「みつば郵便局の平本です。この辺りの配達を担当しています」

「どうも。なかへどうぞ」

「ありがとうございます」

なかに入り、ドアを閉める。

内装はシンプルに白で統一されている。天井と壁が白で、床は木。同じく木のテーブルとイスがいくつか並べられている。奥の突きあたりがカウンター。そこにもイスが四つある。

「それであの、転居届などを出していただきました？」

「転居届」

「はい」

「あ、そうか。郵便局さんにも出さなきゃいけないんですね」

「いえ、出さなきゃいけないわけではないんですが、出していただくと、そこにいらっしゃるかたに確実に郵便物をお届けすることができますので」

「すいません。出してないです。それは忘れてました。オープンでいっぱいいっぱいになっちゃって。どうすればいいですか？」

「局の窓口にお越しいただくのが一番かと。運転免許証や健康保険証などの本人確認書類とご印鑑は必要になりますが」

「どこの郵便局でもいいんですか？」

「はい」

「でも近いからそこがいいか。その四月四日から、みたいな指定もできますか？」

「だいじょうぶです。まだ日はありますし」

「そうか。郵便局。そうですよね。何もしないで届くようになるはずないですもんね」

「いえ、このご住所宛の郵便物が来れば、配達員が確認をしたうえでお届けはします。ただ、何か行きちがいがあったりするといけませんので」

「わかりました。さっそくこのあと行ってきます」

「ありがとうございます」

「郵便受けは裏のドアのわきに付けましたけど、それでいいですか？」

「はい。たすかります。書留などでご印鑑を頂く必要がある場合はお店のなかに伺うということで、よろしいですか？」

「はい。それでお願いします。よかったです、声をかけてくれて」

「お姿が外から見えましたので、一応、お伝えしておこうかと」

「今日は備品の納入とかいろいろありまして。でもそれもすんなり終わって、もういつでもオープンできる状態です。逆に余裕ができちゃったぐらいで」

「いつも配達中に、何のお店ができるんだろうと思ってました。カフェだったんですね。ちょっと意外でした。この辺りにこういうお店はなかったので」

「ですよね。だからこそ狙いました。ここならいけるんじゃないかと思って。住宅地で家は多いし、駅前のスーパーさんにもカフェは入ってないし。出店場所は慎重に検討しましたよ。失敗はできないから」そしてエジマさんは言う。「郵便屋さん、この辺りは長いんですか？」

「長い、ですね」はっきり言ってしまう。「今日から八年めです」

「八年！」と驚き、エジマさんはこう続ける。「じゃあ、せっかくなのでお訊きしたいんですけど」

「はい」

「郵便のことじゃなくてもいいですか？」

「どうぞ」

「実際、この辺りって、カフェはないですよね？」

「ないですね。みつばは一丁目から四丁目までですけど、そこにはないです」

「過去にあったりは、しました？」

「僕が来てからはないですね。前にあったと聞いたこともないです。お寿司屋さんなんかはあったみたいですけど」

「カフェがオープンしてつぶれたりとかもない、ということですよね？」

「そうですね」

「よかった。と言いたいとこですけど、一概にそうとも言えないのかな。つぶれたお店がないのはいいことだけど、オープンしたお店がないのは微妙かも。誰もが勝算なしと判断した結果でもあるんでしょうし。じゃあ、ちょっと範囲を広げて。国道の向こうの四葉はどうですか？　そちらにも行かれます？」

「はい。配達してますよ。四葉にも、カフェはないですね。やっぱり僕が来てからはないですし、あったと聞いたこともないです」そこで思いだし、言う。「あ、ただ、四葉の駅前に『ソーアン』というバーがあって、そちらでランチタイムにコーヒーを出したりはしてます」

「はいはい。『ソーアン』さん。ぼくも行ってみました。グルメサイトにランチ営業もしてると書いてあったので、視察も兼ねて。ハンバーガーを食べて、コーヒーを飲んできましたよ。ハンバーガー、おいしかったな」

「もしかして、アボカドバーガーですか？」

「それです。食べたことあります？」

「何度か。というか、何度も」

「あれ、本当においしいですよね」

「おいしいですね」

「そのうえコーヒーもおいしくて、ちょっとあせりました」

「僕も前から思ってたんですけど。コーヒー、やっぱりおいしいですか？　カフェの店長さんから見ても」

「はい。かなりおいしいと思います。あれならコーヒー単体でも出せますよ」

「おぉ。そんなに」

「でも、まあ、あちらはコーヒーを飲むために行くお店ではないですし、バーとカフェで形態もちがうので、競合することはないだろうとの結論に至りました。距離もありますしね」

　ある。結構ある。僕はカノジョの三好《みよし》たまきとみつばから歩いていったりもするが、普通はそんなことしないだろう。三十分ぐらいかかるし。

「そのアボカドバーガーを食べたあとにもう一度行って、あいさつをしておきましたよ。みつばでカフェをやることにしましたって。マスター、オープンしたらコーヒーを飲みに行くと言ってくれました。郵便屋さんも行かれるなら知ってますか？　吉野草安《よしのそうあん》さん」

「はい」

「『ソーアン』が、まさか吉野さんの名前だとは思いませんでした」

そう。外の立て看板には『so and』と書かれているが、実は吉野草安さんの草安から来ているのだ。

「あそこはロックを流すバーなんですね。しかもお子さんがミュージシャン。あの感じのお店があの場所でやっていけるのはすごいですよ。見習いたいです」

「どんなお店も、個人でやられるのは大変でしょうからね」

「それはもう、オープンする前の今から思ってます。出店にこぎ着けるだけで大変でした。続けるのは、もっと大変でしょうね」

それを聞いて、ここ二丁目にあった白丸クリーニングみつば店を思いだす。同じ敷地に住む小田育次《おだいくじ》さんがやられていたお店だ。建物はそのままだが、お店自体はもう閉めてしまった。駅前の大型スーパーに競合店が入ったりで、やはり大変だったらしい。

「あ、そうだ。よかったらこれを」と、エジマさんがエプロンのポケットから取りだした名刺を差しだす。

「いいんですか？」

「もらってください。ぜひ」

受けとって、見る。

店名と個人名が書かれている。普通逆だと思うが、店名のほうが大きい。

カフェ『ノヴェレッテ』　江島丈房
横にアルファベット表記もあるので、読みもわかる。エジマタケフサさん。

「小学生のときのあだ名はタケボウでしたよ。坊ちゃんとか中坊とかの坊じゃなく、房を音読みにして、タケボウ。カネボウみたいな発音で、タケボウ」

「タケボウさん」と実際にカネボウみたいな発音で言ってみる。「いいですね」

「『ソーアン』さんとちがってサンドウィッチなんかは出しませんけど、郵便屋さんもよろしければぜひ。って、さすがに無理ですよね。ランチならともかく、郵便屋さんがカフェでケーキを食べてコーヒーを飲んでたら、何をしてるのかと思われる」

「うーん。確かに」

そしてそこでこれが来る。

「あの、郵便屋さんは、春行《はるゆき》に似てると言われませんか？」

「あぁ。たまに言われます」

「やっぱりそうですよね。初め、あせりました。声をかけられたとき、えっ、春行？と思って」

「すいません。驚かせて」

「いえいえ、こちらが勝手に思っただけなので。春行って、確か僕と同い歳ぐらいなんですよ。昨日もテレビの四時間特番に出てたから、その印象も残ってたのかもしれません」

昨日。確かに出ていた。さすがに四時間は見ていられないので、一時間ぐらいしか見なかった。今はもう、出るからといっていちいちその番組を見たりはしないのだ。何せ、数が多いから。

春行は僕の兄で、タレント。今はバラエティだけでなく、ドラマにも出る。主役をやったりもする。四年前には『リナとレオ』という映画でも主役をやった。来年は二本めの主演映画も公開される。弟から見ても、雲の上の兄だ。

「失礼ですけど、郵便屋さんは今おいくつですか？」

「三十です。今年三十一になります」

「あ、じゃあ、ぼくと同じですよ」

「そうですか」

だったら江島さんは春行より一歳下だが、それは言わない。僕が言うのも変なので。

「何かうれしいな。同い歳の人って、社会に出て何年か経つともうそんなには会えないから」

「会えないですね」

僕も、局の集配課で同じ班になった同い歳は美郷さんだけだ。女性より圧倒的に多いのに、男性はゼロ。そんなものなのだ。

「でも」と自ら言う。「この歳でお店を持てるなんて、すごいですね」

「いえ、ちっともすごくないです。無理をしてるだけですよ。無理はもう、相当しちゃってます。店を出すための借金も結構してますし。だから失敗はできないんですよ。できないけど、やりたかったんですよね。歳をとってからじゃなく、若いうちに」

すごいな、と素直に感心する。僕はとても無理だ。どうしても、失敗したときのことを考えてしまう。リスクのない道を選んでしまう。だからこそ、一歩を踏み出せる人のことは尊敬する。この江島丈房さんとか。春行とか。

「だから慎重になり過ぎて出店場所をなかなか決められなかったんですけど。みつばは町を見て気に入りました。で、ここに入ってたお店が出られると聞いて、勝負のしどころだなと」

「眼鏡屋さんですよね？　前のお店」

「駅前のスーパーに入るみたいです。いや、もう入ったのかな」

「あぁ、そういえば。お店の名前を、ちょっと変えたんですかね」

「そうかもしれません。でも、ほんと、タイミングがよかったです。物件自体もぼく好みだったし。例えば床が木であるとことか」

「うまくいくといいですね」

「ほんとです。うまくいかせないと。だから郵便屋さんも、もし寄れるようならお気軽に寄ってってください。お時間がないようでしたら、急いでコーヒーを淹《い》れますから。もちろん、味は落とさないように。って、何かすいません。余計なことを話しちゃって。オープン前で、ちょっと昂《たかぶ》ってるんですかね」

「僕もみつばカフェ情報を知れてよかったです。これから配達で伺うことになると思います。よろしくお願いします」

「こちらこそ、よろしくお願いします。あとで郵便局に伺います」

「ありがとうございます。では失礼します」

現金書留は減少傾向にあるが、今もきちんと存在する。この先もなくなることはないだろう。カード決済が主流になるとはいえ、現金自体がなくなることもないはずだから。

と言っている僕自身、実は現金書留を利用したことはない。誰かに現金を送ったことはないし、受けとったこともない。

ＡＴＭの操作が苦手な高齢者のかたに送ったり、逆に高齢者のかたが遠方にいるお孫さんに送ったり、という利用のされ方が多いのかもしれない。

結局、もらう側が一番たすかるのは現金だったりする。振込とちがい、金融機関やコンビニに下ろしに行く手間がない。受けとったお金を預けに行くなら手間になるが、せいぜい、ちょっと面倒だなと思う程度。現金をもらっていやだと思う人はいない。

現金書留で現金はいくらまで送れるか。

いくらでも送れる。

ただし、損害要償額は上限五十万円。百万円ぐらいなら現金封筒に入るからと百万円を送っても、万が一郵便事故で紛失した場合、五十万円までしか補償されないということだ。だからその額より多く送るなら封筒を分けなければならない。その分、料金はかかる。また、送る額によって料金が加算されもする。

最近は皆、少額のやりとりでも振込ですませてしまうから、数はそんなに来ない。一つの配達区で、書留はあっても現金書留はない、という日も普通にある。

今日はその現金書留が来ている。

マンションが多いみつば二区。みつばベイサイドコートB棟の五〇二号室、国分《こくぶ》苗香《なえか》様宛だ。差出人は、東京都目黒区の瀬島栄次郎《せじまえいじろう》様。

バイクから降りて一階のエントランスホールに入り、インタホンのボタンを押す。部屋番号。五、〇、二。

そして待つ。

「はい」と女声が聞こえてくる。

「こんにちは。郵便局です。現金書留が来ておりますので、ご印鑑をお願いします」

「はい。今、開けます」

プツッと通話が切れ、ガツッとドアのロックが解除される。エントランスホールと居住スペースとを区切る分厚いガラスドアだ。

そこから入って正面にあるエレベーターのところへ行き、△ボタンを押す。すぐにドアが開くので、乗りこみ、五階へ。

エレベーターを降りて五〇二号室の前へ行き、今度はドアのわきにあるインタホンのボタンを押す。

ウィンウォーン。

「はい」

「郵便局です。お待たせしました」

「出ます」

ここでの応対は省く人も多いが、国分さんは省かない。防犯上そのほうがいいと僕も思う。

ドアが開き、女性が顔を出す。僕と同じくらい。三十歳前後。

すぐに奥から赤ちゃんの泣き声が聞こえてくる。赤ちゃんがいるということは、おじいちゃんかおばあちゃんがお孫さんにお小遣いを送ってきたパターン、かもしれない。

「あの」と女性が僕より先に言う。「現金書留って言いました？」

「はい」

「誰からですか？」

「えーと、こちらですね」

そう言って、現金封筒を見せる。現金書留専用のあれ。緑の縁どりが入った茶封筒。

これはいつもの段どりだ。訊かれなくてもやる。宛名にまちがいがないか、受取人さんに確認してもらうのだ。

国分苗香様、の名前を出して口頭で確認したいところだが、それはしない。隣の人にやりとりの声を聞かれるのをいやがる人もいるから。代わりに、ご自身の目で確認してもらう。

この現金封筒、お届け先、の下に、ご依頼主、の記入欄もある。女性はそのご依頼主名を声に出して読む。

「セジマエイジロウさん」そして僕に向けて言う。「なんですよね？」

「そう、ですね」

「覚えが、ないんですよね」

「はい？」

「お名前、知らないんですよ」

「あぁ、そうですか」少し考えて、尋ねる。「まず、お届け先はこちらで合ってますか？」

「それは、はい。国分苗香はわたしです。マンション名も部屋番号も合ってます」

祖父母が孫に、との推測は外れた。赤ちゃんが国分苗香ちゃん、ではなかった。

「瀬島さん」と国分苗香さんが復唱する。「瀬島さん瀬島さん」さらに独り言のように。「誰？」

「お知り合いではないですか」

「ないですね。知ってる名前ではないです。ほんと、誰だろう。佐藤《さとう》さんとか鈴木《すずき》さんならわかりますけど。瀬島さん。そのお名前の知り合いは一人もいないと思うんですよ。知り合いでもない人が現金て、何なんでしょう。って、郵便屋さんが言われても困りますよね」

国分苗香さんはしばし考える。

そこは急かさずに待つ。こういうこともたまにあるのだ。

現金封筒に落としていた視線を僕に向け、国分苗香さんは言う。

「これ、例えば受けとらないこともできるんですか?」

「はい。受取拒否も可能です」

「そんな人も、います?」

「いないことはないですよ」

「多くは、ないですか」

「ない、ですね。代金引換とちがって、受けとるならお金を払わなきゃいけないとか、そういうことはないですし」

「あぁ。代引」

実際、受けとらないからといって、何か直接的な被害が出ることはない。

「うーん。どうしよう」

「どうしましょう」

「ごめんなさい。お時間をとらせちゃって」

「いえ、それはだいじょうぶです」

少しでも時間が経てば思いだすかもしれない。一助になればと、言ってみる。

「ご依頼主のことをお忘れになってる可能性はないですか？」

「そこなんですよね。わたしもそれが不安です。もしそうならものすごく失礼ですもんね、送ってくださったお金を受けとらないなんて。受けとらなかったら、このかたに送り返されるわけですよね？」

「そうですね」

「受けとらなかったからって郵便料金が返ってきたりも、しないですよね？」

「しない、ですね」

「わたしが受取拒否をしたことも、わかっちゃいますよね？」

「わかっちゃい、ますね」

「受取拒否っていう言葉。強烈ですよね」

僕もそう思うが、しかたない。ほかに言いようがないのだ。やわらかく言うなら何だろう。受取辞退。受取遠慮？　あるいは潔く、受取御免！　とか。

「今日は受けとらないでまた来ていただくことは、できないですよね？」

「いえ。そういうことなら、今日は持ち戻りにして後日再配達ということにしましょうか」

「でもそれはそれでちょっと悪いですし」

「いえ、かまいませんよ。七日間は保管期間もありますので。それまでにはご連絡を頂かないと、ご依頼主に戻されてしまいますが」

「うーん。だけどやっぱりそれは申し訳ないんで、いいです。受けとります」国分苗香さんは自分に言い聞かせるように言う。「宛名はわたしで合ってますし、何かのまちがいなら、あとでそのかたに返します」

「では、よろしいですか？」

「はい。えーと、ハンコですよね」

国分苗香さんはわきの靴箱の上に置いてあった印鑑を手にとる。

僕は配達証を指して言う。

「こちらにお願いします」

「はい」

国分苗香さんがそこに捺印してくれる。

「ありがとうございます」と配達証をはがし、現金書留を渡す。「どうぞ」

「あぁ。お金だからうれしいことはうれしいのに不安ですよ」と国分苗香さんは笑み混じりに言う。

それに対しては、だいじょうぶですよ、とも言えないので、お察しします、という感じに会釈をするしかない。

そして僕はふと思いついたことを言う。

「あ、すいません。ついでに一つ、よろしいですか?」

「はい」と国分苗香さんが言ったところで、いつの間にか泣きやんでいた赤ちゃんがまた泣きだす。

泣きは一気にピーク。激しい。ママはわたしをほうっておいてどこにいるのですか、というような強い意志を感じる。

「ちょっとごめんなさい」と国分苗香さんが奥の部屋へ向かう。

僕はドアを手で支えて言う。

「あ、いいですいいです。もう失礼しますよ」

「だいじょうぶです。すぐ泣きやみますから」

これですぐに泣きやむことはないのでは、と思いつつ、待つ。

国分苗香さんが赤ちゃんを胸の前に抱いて戻ってくる。

予告どおり、赤ちゃんはすぐに泣きやむ。たぶん、ママが抱くと同時にぴたり。

速攻。

　感心し、つい言ってしまう。

「本当にすぐですね」

「そうなんですよ」と国分苗香さんは笑顔で言う。「泣きは激しいんだけど、抱いてあげるとすぐおさまる。それはたすかってます。泣き声自体は大きいからお隣の迷惑になるんじゃないかとひやひやしてるんですけど、抱けば泣きやんでくれるんでどうにか。だから、泣きだしたらすぐに抱くようにしてます。夜泣きしたらすぐ抱っこ。最近はもう反射的に体が動くようになりました。おぎゃあと来たら即抱っこ」

　その言葉につい笑う。

「でもね、夫がそれをやってもダメなんですよ。すぐには泣きやんでくれない。一応、夫も即抱っこはするんですけど、わたしがそばにいたらすぐリレー。この子、バトンみたいになってます。何なんでしょうね。わたしの腕と胸に慣れちゃってるのかな」

「それは、あるかもしれませんね」

　男性の体は骨ばってゴツゴツしているから、抱かれる側として、収まりはよくないのかもしれない。

「はい、郵便屋さんだよぉ。こんにちは～」と国分苗香さんが少し角度をつけてくれる。

それでこちらを向いた赤ちゃんの顔を見る。

ん？ という感じに、赤ちゃんも僕を見る。

僕の顔を見て激しく泣きだしたら困るな、と思う。

セーフ。

赤ちゃんは特に笑いもしないが、泣きもしない。ただ僕を見ている。春行に似てるな、とは思っていないだろう。まだ春行を知らないから。

国分苗香さんが、右手の人差し指でちょんちょんと赤ちゃんの鼻に触る。

赤ちゃんは笑う。僕を見たまま、笑ってくれる。

山浦小梅ちゃんの写真を毎週見ているからわかる。生後半年ぐらい。まだしゃべれないが、はっきりとした意思を持ってこちらを見ていることがわかる。何かは思っている。感じている。

「あ、すごい」と国分苗香さんが言う。

「はい？」

「知らない人を見ると、わたしが抱いてても泣いちゃうことがあるんですよ。男の人だと特に。でも、泣かない」

「ご自宅だからじゃないですか？」

「いえ。いろいろな配達の人が来ても、結構泣きます」

「だったら、ちょっとうれしいです」そして僕は言う。「それであの、お訊きしたいことなんですが」

「あぁ、はいはい。何でしょう」

「お子さん宛の郵便物は、ちゃんと届いてますか？」

「届いて、ますね。まだ五ヵ月なのでそんなには来ないですけど、届いてはいます」

「そうですか」

僕が担当した日にこの子宛らしき郵便物を見た記憶はないから、五味くんが担当した日に来たのかもしれない。

五味くんなら、たぶん、居住確認をしようとしただろう。していれば、僕にも言ってくれたはずだ。気づかずにそのまま入れてしまったのだろうか。その可能性はある。それは五味くんに限らない。僕だって同じ。

「届いてるならよかったです。お住まいになってるということで、これからも配達させていただきます」

「はい。お願いします」

配達原簿に載せれば確実なので名前を訊きたいところだが、それは個人情報。こんな形でこちらからは訊きづらい。実際に郵便物を持ってきているなら、それをもとに訊けるのだが。

と思っていたら、国分苗香さんが自ら教えてくれる。

「名前はユウショウです。男の子。優しいの優にのぼる。空を飛ぶ飛翔とかの翔ではなくて、上昇気流の昇です」

「あぁ、はい。優しいに昇るで、優昇くん。いいお名前ですね」

「ありがとうございます。飛翔の翔も考えたんですけど、それだとユウトと読まれちゃうこともあるかなぁ、と思って」

あるだろう。優翔なら、ユウショウよりユウトと読む人のほうが多いかもしれない。実際、翔をトと読ませる名前は多いから。

「では、国分優昇くん、郵便物が来ましたら配達させていただきますね。ご印鑑ありがとうございました。失礼します」

「どうも。ご苦労さまです」

静かにドアを閉める。国分苗香さんは優昇くんを抱いているので、僕が。

ベイサイドコートのB五〇二号室。国分家の住人はあと一人。国分優樹《ゆうき》さん。

お父さんの優の字を、お子さんにも付けたのだろう。

国分優昇。カッコいい。春行みたいに芸能人になったら、本名のままいけそうだ。

と、まあ、そんなふうに国分優昇くんのことを考えながら配達を終え、局に戻った。

今日は土曜なので、五味くんも出勤。すぐに確認した。

「五味くん。ベイサイドコートの国分さん、優昇くんていうお子さんに何か配達したの、覚えてる？」

「国分さん。えーと、Bの五〇二ですか？」

「うん」

「ユウショウくん。あぁ、覚えてます。優しいに昇るの優昇くんですよね？」

「そう」

「一度配達しました。見ない名前だったから、一階のインタホンで確認しようとしたんですけど、ご不在で。ただ、あそこ、優樹さんてかたがいらっしゃいますよね。それで宛名が優昇さんだから、もしかしたら子どもが生まれたのかと思って。持ち戻ることも考えたんですけど、配達が一日遅れるのもよくないんで、入れました。もう一度来たらそのときにまた確認するつもりでいたんですけど。すいません。平本さんに言うのを忘れてました」

「いや、それはいいんだけど。じゃあ、配達はしてくれてたんだね」

「はい」

「今日国分さんに書留が出てて、居住確認はできたから。優昇くん、実際にお住まい」

「わかりました。じゃあ、次来ても、居住確認は不要ということで」

「そうだね。それでお願いします」

「了解です」

国分優昇くんの件はこれで終了。

でも局に戻ったら戻ったで、今度はまた別の赤ちゃんについて考えることになった。

国分家でも思いだした山浦小梅ちゃんだ。〇歳。国分優昇くんと同い歳。

帰局後は、その日の郵便物の転送や還付の処理をする。

転送は、転居先にその郵便物を送り直すこと。還付は、差出人さんに郵便物を送り返すこと。

それらすべてを終えたところで、定時。

僕が区分棚のところへ戻ると、例によって山浦さんが美郷さんに小波小梅姉妹の写真を見せていた。具体的には、美郷さんが、山浦さんに渡されたスマホで、この一週間分の写真を見ていた。

山浦さんはもう、スマホそのものを美郷さんに渡してしまうのだ。ご覧あれ、と。ロック解除の番号まで教えるのも時間の問題かもしれない。

今日は休みなので、谷さんはいない。そこにいるのは山浦さんと美郷さんと僕の三人。

「平本くん、おつかれ」と山浦さんが言う。

「おつかれさまです。いつものですか？」

「そう」と応えるのは美郷さん。「定例鑑賞会」

「どう？　小梅ちゃん、育ってる？」

「育ってる育ってる」

美郷さんがスマホを見て、フフフと笑う。

それを見る山浦さんも何だかうれしそうだ。

山浦さんは、集配課のほかの班の人たちや小松課長どころか、川田君雄《かわだきみお》局長にまで姉妹の写真を見せる。そこへの持っていき方が巧みなので、配達より営業に向いてますよ、と谷さんには言われている。保険の営業をやったら早坂《はやさか》より上に行けますよ、と。

早坂というのは、二年半前までこの局にいた早坂翔太《しょうた》くん。今はよその局で保険の営業をやっている。いい成績を残しているらしい。

山浦さんは長女の小波ちゃん一人のときから写真を撮っていたが、小梅ちゃんが生まれてからはさらに撮るようになった。小波ちゃんも前と同じペースで撮ったうえで、小梅ちゃんも撮るのだ。こうやって楽しそうに見てくれる美郷さんがいることがいいモチベーションになっているのかもしれない。

僕にも何枚か写真を見せてから、美郷さんが山浦さんに言う。

「最近は奥さんも普通に登場しますよね。ひかりさん。わたし、会ったこともないのに、もう知り合いだと思ってますよ」

「前は、撮るのは子どもたちだけでいいって言ってたんだけどね。ぼくがあんまり撮るもんだから、画面からいちいち外れるのが面倒になったみたい」

「そんな理由？」

「そんな理由。ただ、ひかりもさすがに授乳中の写真を撮られるのはいやがるけどね」

「そりゃそうでしょ」

「それはちゃんと個別にロックをかけてるよ」

「撮ってるんかい」

「もちろん、撮るでしょ。そこ逃しちゃダメ。シャッターチャンスじゃない。小波もそうだったけど、おっぱい飲んでるときの小梅はすごくいい顔をするんだよ。安らかというか何というか。起きてる人間が一番安らかな顔をするのは、あんなふうにお母さんのおっぱいを飲んでるときなんじゃないかな」

「うーん。わからなくはない」

「ほんとに見せたいよ。筒井さんになら、見せてもいいかも。平本くんはちょっとあれだけど」

「僕はいいですよ」

「わたしもいい。だって、まずひかりさんがいやでしょ」

「見るのが女性ならいいと思うけど」

「いやですよ。ひかりさんがこの場にいるならともかく。いないとこで勝手に人に見せたりしちゃダメですよ」

「了解。見せません」

「すでに見せたりしてないでしょうね」

「見せてません。いとこ以外には」

「見せてるし」

「でも女性だよ。女性のいとこ」

実際、ひかりさんも写真によく登場するようになったので、僕も顔を知っている。

夫に領収書の提示を求めたりするとは思えない、とても穏やかそうな人だ。

スマホの画面を見て、美郷さんが言う。

「小波ちゃんも、すっかりお姉ちゃんですね」

「そう？」

「はい。まだ四歳にしてお姉ちゃん。自然とそうなるんだろうな、下ができると。やっぱり女の子はすごいですね。男の子じゃこうはいかない。こんなにすぐにお兄ちゃん感は出せない」

「あぁ。それはそうかも」

僕もそう思う。四歳の自分に弟や妹がいたとしても、お兄ちゃん感は出せなかっただろう。自分の弟や妹というよりは母の子としてその子を見てしまったような気がする。

ここで尋ねてみる。

「美郷さんは？」

「ん？」

「美郷さんもお姉ちゃんじゃない。美宇《みう》さんが生まれてからは、どうだった？」

美郷さんにも、美宇さんという三歳下の妹がいるのだ。

美宇さんは姉の美郷さんとはまったくちがう道に進んだ。大学の理系学部を出て、今は外資系の企業でバイオナントカの研究をしている。

そこには姉の配慮もあった。

美郷さんのお父さんも郵便局員。しかも同じ配達員。でも五十五歳で亡くなってしまった。まだ定年を迎える前。

だから美郷さんは高校を出て就職する道を選んだのだ。姉妹二人が大学に行く余裕はないから。ならば優秀な妹を行かせようということで。また、自身、体を動かす仕事がしたかったこともあって。

「わたしは、そんなにお姉ちゃんじゃなかったと思うなぁ。少なくとも、いいお姉ちゃんではなかったかな。出来のいい妹をやっかんでるみたいなとこもあったし」

「そうなの？」とこれは僕でなく、山浦さん。

「わたし自身が中学生のころまではやっかんでましたね。美宇、小学校のテストで百点ばっかりとってくるし。大げさじゃなくてね、ほんとに全部百点なんですよ。国語も算数も理科も社会も。あんた何者？　って思ってましたよ。眼鏡なんかかけやがって、とか」

「いや、それはいいでしょ」と山浦さんが笑う。

「音楽とか図工とかの成績もいいんですよ。うたも楽器もうまくて、手先も器用なの。ダメなのは体育だけ。わたしは逆。いいのが体育だけ」

「あぁ」と山浦さんがなお笑う。「何かわかるわ」

「お父さんはお父さんで、わたしの前でも普通に、美宇はすげえなぁ、なんて言ってたし。姉への配慮は？　と思いましたよ」

「でも、妹さんにくらべて美郷さんはどうだとか、そんな言い方はしなかったでしょ？」

「それは、まあ、しなかったですね。ほんとにすごいと思ってたんだと思いますよ。美宇は実際、すごかったんで。とんびがタカを生む、の典型ですよ。だから逆にわたし、自分の子に期待できますもん。とんびがタカを生むこともあると知ってるから」

「おぉ、それもすごい。高レベルな前向き」

「自分が高校生になったころはもう、美宇のすごさを認めてましたね。姉としてというよりは人として。この人はすごい人なんだと、思ってましたよ」

「そうかぁ。ぼくも気をつけなきゃな」

「何をですか？」

「いや、ほら、小波と小梅だって、いずれそうなる可能性はあるじゃない。どっちかがよくてどっちかがそうでもないって」

「うわっ。そうでもないって言っちゃった」

「あ、ごめん」

「いや、わたしはいいですよ。完全に、そうでもないほうなんで」

「そんなことでどっちかをひいきしたりは絶対にしないはずだけど、本人たちがどう感じるかはわからないもんね。今みたいに軽い感じで、そうでもない、とか言っちゃったりさ。ぼくはやっちゃいそうだよ。本当に気をつけないと」

「山浦さんはだいじょうぶですよ。ひかりさんもついているし。小波ちゃんと小梅ちゃんも、表面上は反抗したりするかもしれないけど、一時的にですよ。何だかんだで大事にされてることは伝わりますから。わたしもそうだったし」

「そうだった、の？」

「はい。表面上、反抗はしましたよ。かなりしましたね。たぶん、よその家庭の倍以上。でも今考えれば、ちゃんとわかってましたよ。お父さんがただ単に不注意な人なんだってことは」

「その不注意を、できれば避けたいよ」

「と今から言ってるくらいだからだいじょうぶですよ」

「でもぼく、結構不注意だからなぁ」

「でも誤配とかはしないじゃないですか」

「それはね、まあ、仕事だから気をつけるけど」

「よく、ちゃんと言葉にしなきゃ伝わらないって言いますよね。ありがとうとか愛してるとかは口にしなきゃダメだって」

「言うね」

「その二つは確かにそうなんですよ。言わなきゃ伝わんないです。言ってもらえればうれしいし。でも全部が全部そうってわけでもない。ちゃんと伝わるものだってありますよ」

「ほんと？」

「ほんとです。時々は言葉で言う。ただし、言いすぎない。それを守ってればどうにかなります。たぶん」

「よし。守るよ」

「不注意な人はたいてい守らないですけどね」

「いや、守る。がんばるよ」そして山浦さんは言う。「あぁ、でもこの先、いつまで二人の写真を撮ってられるかなぁ」

「それを言うのは早いですよ。小梅ちゃん、〇歳ですよ」

「でも小波は今年五歳だからね」

「あと三年はだいじょうぶじゃないですか？」

「三年？　短くない？」

「でも四年だと、小波ちゃんは小三ですよね。親にバシバシ写真を撮られて気にならないのは、小二ぐらいまでじゃないかなぁ。平本くん、どう?」

「うーん」

「もしかしたら、女子は小一までかも」

「え? 何で?」と山浦さん。

「女子のほうが成長は速いから」

「そんなに速い?」

「人によるんですかね。わたし自身の感覚だと、小二でもういやだったかな。といって、わたしのお父さんは写真をバシバシ撮ったりしなかったですけど。運動会で走るわが子を嬉々としてビデオカメラで撮る、なんてタイプではなかったし。わたしが走ってるあいだにたばこを吸いに行っちゃって、あとでお母さんに怒られたりしてましたよ」

「あらら」

「わたし、そのころは太ってたんですけど、足は速かったんですよね。それだけが取り柄だったのに、お父さんは年に一度の晴れ舞台をたばこで見逃すという。ほんと、不注意さんですよ」

「そういう不注意は、避けたいね」

「もしも小波ちゃんが写真に撮られるのを本気でいやがったら、すぐにやめたほうがいいですよ。その本気の見極めは大事」

「うん。やめる。ぼくも、小波がぼくをいやがってる顔は撮りたくない。了解。不注意なりに、注意します」

「お願いします」と美郷さんが笑う。「ちゃんと気をつけてさえいれば、平本くんのとこみたいになれますよ」

「ん？　僕のとこみたいって？」と尋ねる。

「春行秋宏《あきひろ》兄弟みたいにってこと」

「どういうこと？」

「平本くんたちは、ある意味究極の、どっちかがよくてどっちかがそうでもない兄弟、なわけじゃない」

「あぁ。そうだね」

「いや、そうだねって」と山浦さん。「それは失礼でしょ」

「別に悪い意味じゃないですよ」と美郷さん。「大事なのはここからです。平本くんは、そういうのをまったく感じさせないじゃないですか。やっかみゼロ。何なら、世界一うまくいってる、どっちかがよくてどっちかがそうでもない兄弟、ですよ」

「うーん」と山浦さん。「それもちょっと失礼な気はするけど。でも、そうか。確かに、そういうのは感じないもんね、平本くんからは」

「やっかんだこと、ないの？」と美郷さんが尋ねる。

「ない、かな」と答える。「いや、ほら、春行が今みたいになったのは、僕らが二十歳を過ぎてからだからね。子どものころなら、多少はあったのかもしれないけど」

「でも、だからこそやっかんじゃう人もいそうだよね」と美郷さんが言い、

「確かに」と山浦さんも言う。

どうなのだろう。よくわからない。その時点で春行と僕の兄弟仲がよくなければそうなることもあるのか。いや、でも。兄弟といったところで、春行は春行、僕は僕。やはりそうはならないような気もする。

「春行は春行で特別だけど、平本くんは平本くんで特別なのかもね。平本くんは、そうでもない弟、の最高峰だから」

「何それ」

「でも、まあ」と山浦さん。「もし小波と小梅が、どっちかがよくてどっちかがそうでもない姉妹、になったとしても、そうでもないほうには、最高峰の平本くんを目指してもらうことにするよ」

「っていうそれも相当失礼ですけどね」と美郷さんが笑う。

「別に失礼じゃないよ」と僕も笑う。「僕は最高峰でもないし」

「はい。じゃあ、今週の定例鑑賞会は終了」と言って、美郷さんが山浦さんにスマホを返す。「帰りましょう。おつかれさまでした」

それからロッカールームで着替えをすませ、局を出たのは十分後。

いつものようにJRみつば駅へ、は向かわない。といって、たまきがいるカーサみつばへも向かわない。

国分優昇くん。山浦小梅ちゃん。今日はすでに二人の赤ちゃんと関わりがあった。

そして僕は三人めの赤ちゃんのもとへと向かう。

僕個人としてはその二人よりも近い赤ちゃん。今のところ一番身近な赤ちゃん。瀬戸《せと》未久《みく》くんだ。セトッチこと友人瀬戸達久《たつひさ》と未佳《みか》夫妻の子。〇歳。国分優昇くんと山浦小梅ちゃんと同い歳。

場所は奇しくも国分家と同じみつばベイサイドコート。棟は別。あちらはB棟だが、こちらはA棟。一〇〇二号室。

土曜なのでセトッチは休み。久しぶりに顔を出すよう言われていたのだ。

久しぶりといっても、一ヵ月ぶり。山浦小梅ちゃんのように週一とはいかないが、月一では未久くんの顔を見ている。

現在、母親の未佳さんは育休中。迷ったが、未久くんが一歳になるまでの一年は丸々とることにしたらしい。丸々といっても一年間。長くはない。赤ちゃんはまだ赤ちゃん。

顔を出す、というのはまさに文字どおり。顔を出し、未久くんの顔を見せてもらうだけ。長居はしない。コーヒーを一杯頂くのみ。

初めは未佳さんが夕食を用意してくれようとしたのだが、さすがにそれは遠慮した。もちろん、お酒もなし。そのコーヒー一杯に落ちついた。

来いよ、とセトッチが言ってくれるから、行くことは行く。言ってくれるなら、行ってしまう。僕も未久くんの顔は見たいので。

一階のエントランスホールでインタホンのボタンを押す。一、〇、〇、二。

「はい」と未佳さんの声が聞こえてくる。

「こんばんは。平本です」

「おつかれ。どうぞ」

プツッ。

ガツッ。

エレベーターでシュルルル～ッと十階へ。

降りて、またインタホン。ウィンウォーン。

未佳さんは国分苗香さんとちがい、ここでの応対を省く。まあ、僕らの関係ならやむを得ない。

玄関のドアを開けてくれるのは、その未佳さんではない。セトッチだ。

「おぅ。おつかれ」

「おつかれ」

「おれは休みだから疲れてないよ。上がれ上がれ」

上がらせてもらう。そして居間へ。

そことつながった台所には、夕食の支度中の未佳さんがいる。

「いらっしゃい」

「お邪魔します。ごめんね、ご飯どきに」

「今日はカレーだから、食べていけば？」

「いや、いいよ」

「食ってけよ」とセトッチ。「秋宏が来るからカレーにしたんだし。カレーなら、そんなに遠慮しなくていいだろ」

「いや、するよ。メニューの問題じゃないでしょ」

「いやいや。カレーなら、一人増えたところで手間は変わんないって」

「でもいいよ。このあとがあるし」

「あぁ。そっか」

このあと。カノジョのたまきのところへ行く。

そのことを知っているから、セトッチも未佳さんもそれ以上は言ってこない。必要以上にご飯を勧めてはこない。

「じゃ、コーヒー入れるね」と未佳さん。

「いつも悪いね」と返し、居間のソファに座る。もう、座ってと言われないのに座ってしまう。

「悪いのはこっちだよ」とセトッチが言う。「呼んでるのはこっちなんだから」

「でも、ほら、僕もナマ未久くんを見たいし」

そう。見たい。ナマはやはりちがうのだ。写真でも赤ちゃんは充分かわいいが、ナマは段ちがい。

当然だが、質感がちがう。それに、動く。赤ちゃんは、どう動いたってかわいい。何をしたってかわいいのだ。秋宏、金を出せ、と言ってきたとしてもかわいいと思う。それが生まれて初めて口にした言葉なのだとしてもかわいいと思う。親二人はいやだろうが。

セトッチと未佳さん。二人は僕の部屋で知り合った。今僕が住んでいる実家ではなく、前に住んでいたアパートの部屋で。

未佳さんは、春行のカノジョであるタレント百波《もなみ》の友人だ。

当時、春行と百波は付き合っていることをまだ公にしていなかったので、僕の部屋を密会場所としてつかっていた。その日は百波一人がそこに来ることになっていた。春行は仕事の都合で来られなかったのだ。

僕は昼にセトッチから電話をもらい、仕事で蜜葉市に来てるから飲まないかと誘われた。先約があるからと一度は断ったが、カノジョと別れたばかりのセトッチが落ちこんでいたので、結局はアパートに呼んだ。セトッチなら春行と百波のことを知られてもいいかと思ったのだ。

僕自身が仕事を終えて帰ってみると、部屋には百波のほかに未佳さんもいた。春行のファンだという未佳さんを、百波が連れてきていたのだ。本人は来られないからせめて弟に会わせてやろうということで。

まず僕が未佳さんに驚き、遅れてやってきたセトッチは百波に驚いた。それはそうだろう。訪ねた友人の部屋に、人気女性タレントがいるのだから。

そんな流れで、セトッチと未佳さんは知り合った。

未佳さんは春行ファンだからもしかしたら弟の僕のことを好きになるかもしれない。百波にはそんな腹づもりもあったようだが、未佳さんが好きになったのはセトッチだった。セトッチもセトッチで、未佳さんのことが好きになった。

二人はすんなり付き合い、すんなり結婚した。そして未久くん誕生。

「じゃ、さっそく」

そう言って、セトッチが奥の部屋から未久くんを連れてくる。抱いてくる。そのままゆっくりと僕の隣に座る。

「はい。ナマ未久」

「おぉ」

「おぉ、じゃないよ」

間近で未久くんの顔を見る。B棟の国分家で優昇くんを見たときよりずっと近い。三十センチもない。

未久くんは起きている。目を開けている。どちらかといえば笑っている。ように見える。

「昼間よく寝たから、今はおねむじゃないよ」

「そうか」

「もうさすがに秋宏の顔も覚えたろうな」

「どうかなぁ」

「覚えたろ。もう十回は会ってるよな？」

「そこまではいかないでしょ」

「いや、いくだろ。生まれたばっかのときは、立てつづけに何度も会ってるし」

「でも覚えてはいないでしょ」

「いやぁ。未久がちゃんと顔を見た初めの何人かに、秋宏は入ってるからな」

「百波より早いしね」と台所から未佳さんが言う。

「おれの両親より早いよ」

「え、そうなの？」と訊いてしまう。

「そう。確か一日早い。未佳のお父さんとお母さんよりはあとだけど、おれの両親よりは先」

「それは、何というか、申し訳ない」

「いや、そのときもおれらが呼んだんだよ」

あらためて未久くんを見る。そのくりくりした目を、はっきり見る。

未久くんも僕の目を見ている。

相手が赤ちゃんだから、こんなにも見つめ合っていられる。

未久くん。お肌はすべすべで、白い。赤ちゃんにしか見られない白さだ。多少はピンクがかってもいるが、それでも白いと感じる。ホクロなど一つもない。あぁ、ここまで若いとないのだな、と思う。

ベビー服から出た手が見える。指が丸まり、軽めの握り拳になっている。その拳までもが丸っこいので、手の甲、という感じがしない。甲が見当たらない。そこにもちゃんと骨はあるのかな、指の先までちゃんと行き届いてるのかな、と心配になってしまう。

毎度のことながら。

いやぁ。参る。やられる。

未久くん、かわいい。何というか、ミクミクしている。ミクミクしい。

「秋宏、そろそろ抱いてみるか？」とセトッチが言う。

「いやいや、いいよいいよ。落としたら大変」

「落とさないよ」

「落とさなくても大変だよ。抱き方も知らないし」

「教えるよ。すぐ慣れる」

「まだいいよ。もうちょっと大きくなってからにしよう。えーと、首が据わってからとか」

「いや、首はもう据わってるから」

「そうなの？」

「見ろよ。据わってるだろ」

「あぁ。これはもう、据わってる状態なんだ」

「生後三、四ヵ月で首は据わるの」と未佳さんが説明してくれる。

「じゃあ、えーと、自分で立てるようになってからにしよう。それはいつ？」

「つかまり立ちは生後七、八ヵ月ぐらいで、そのあと伝い歩きをして、それから。個人差はあるみたいだけど、一歳になるころにはたいていの子は立てるのかな」

「立てたところで変わらないだろ」とセトッチ。「仮に落とされたとして。立って着地はできないよ。猫じゃないんだから」

「そうだけど」

「秋宏くん、心配性」と未佳さんが笑う。

「いや、人様の子だからね。万全は期さないと」

「自分の子でも万全は期すけどな。もうさ、日々、期しっぱなしだよ。期すことに慣れた」

「それは、期してないってことなんじゃないの？」と未佳さん。

「まだまだ期してるよ。そこはだいじょうぶ」

「わたしは、正直、もうずっとは期せないかな」

「未佳さんは一日じゅうだもんね。それこそ朝から晩まで」

「そう。だから要所要所で期すって感じ。というか、何よ、この期すって」

「要所要所でキスって、何か、カップルみたいだな」とセトッチ。

「スキあらばキス、みたいな」と未佳さん。

『スキあらばキス』。春行と百波が初めて共演したテレビドラマだ。その共演がきっかけで、二人は付き合うようになった。

そう。逆に言うと。そこで共演しなければ、二人は付き合わなかったかもしれない。もしそうなら、セトッチと未佳さんが知り合うこともなかったのだ。

二人が知り合わなければ、当然、結婚もしない。未久くんがこうしてここにいることもない。そんなふうに考えると、不思議な気分になる。

「秋宏くん、コーヒー、こっちのテーブルに置くね。万が一、未久がカップに触ったりすると困るから」

「うん。ありがとう」

そして未佳さんも居間にやってくる。

未久くんが僕のほうへ手を伸ばすので、僕も手を伸ばす。といっても、ハイタッチのようにはならない。指と指を触れ合わせる程度。

未久くんの手に力はない。押される感じはまったくない。未久くんの腕の辺りを、指先で恐る恐る押してみる。すべすべでぷにぷに。女子の感じに近い。

「その触り方」と未佳さんがまた笑う。「人差し指一本て」

「いや、傷つけたらいけないと思って」

「傷、つかないわよ」

「あ、そういえば。未久くん、カレーはだいじょうぶなの?」

「ダメダメ」とセトッチ。

「まだ離乳食。カレーはわたしたちの分」と未佳さん。「一歳ぐらいからはだいじょうぶみたい。実際、離乳食のカレーもあるし。三歳ごろからは普通のカレーも食べられるって話」

「そうか。今は、毎日二人とちがうものを食べるんだね」

それだけでも育児は大変だ。赤ちゃん用のご飯と自分たち用のご飯を毎回用意しなければいけないのだから。

国分優昇くんのことを思いだし、これも訊いてみる。

「夜泣きとかはするの？」

「ちょっとするようになったかな。それは生後四ヵ月ぐらいかららしいんだけど、もうその時期になってるし。これからが本番」

「で、いつまで続くの？」

「一歳になったあとぐらいまでみたい」

「しばらくは寝不足だな」とセトッチ。「おれらはいいとして、周りから苦情が来ないようにしないと」

「まあ、お隣はウチに未久がいることを知ってるし、子どもは泣きますからとも言ってくれてるけど」

名前などの個人情報を出さなければいいだろうと思い、言う。

「今日伺ったお宅にも赤ちゃんがいてさ。結構激しく泣いてたんだけど、お母さんが抱いたらぴたっとおさまったんだよね。すごいと思ったよ。そんなふうにはいかないの？」

「ぴたっとは無理」と未佳さん。「わたしは二分かかっちゃうかな、泣きやませるのに」

「二分なら早いだろ」とセトッチ。

「でもどうにか一分に縮めたい。ぴたっとはうらやましいよ」

未久くんの頰を優しく撫でながらセトッチが言う。

「苦情は困るけど、まあ、来たら来たでおれらがどうにかする。もう、ひたすら謝る。泣きたきゃどんなに泣いてくれてもいいよ。健康に育ってくれればそれでいい」

「パパは立派な親バカになりそうだね」

「いやいや。なりそうじゃないよ」

「なりそうでしょ」

「なりそうなんじゃない。もうなってる」

と、まあ、相変わらず仲がいい瀬戸夫妻だ。

ちょっと安心する。未久くん、いい家に生まれた。

「セトッチはさ、未久くんの写真とか、撮ってる?」

「撮ってるよ。写真も動画も。今日も撮った」

「どのぐらいのペースで撮る?」

「週一ぐらいかな。休みの日に撮るって感じか」

「だったら、アマチュアレベルの親バカだからだいじょうぶだよ」

「何だよ、アマチュアレベルって」

「局の同僚にプロレベルの人がいるから。その人は週七。もう毎日。しかも二人。姉妹どっちも撮る」

「おぉ。でもわかるよ」

「男親なら、女の子はほんとにかわいいだろうしね」と未佳さん。

「男の子も充分かわいいよ」とセトッチ。

「秋宏くん、冷めないうちにコーヒー飲んで」

「うん。いただきます」

ソファから立ち上がり、ダイニングテーブルのほうへ移る。

「インスタントでごめんね」

「いや。僕もいつもインスタントだよ」

「そうなんだ。秋宏くんはちゃんと豆を挽いたりしそうなのに」

「いやぁ、しないよ。前に未佳さんがアパートに来たときもそうだったじゃない」

「でも今は実家でしょ？」

「実家だけど。豆を挽いたりはしないね。電動ミル付きのコーヒーメーカーはあるけど、一人だし」

そういえばあのコーヒーメーカーはずっとつかってないな、と思う。いつからつかってないのか。父と母が離婚してから、かもしれない。豆を挽いて淹れてたのは主に母だから。僕は淹れてもらっていただけ。

イスに座らず、立ったままコーヒーを頂く。居間へは行かない。本当に万が一、僕が何かにつまずいて未久くんにコーヒーをかけてしまったら大変だから。

「あ、そうそう、秋宏くん」

「ん？」

「コーヒーといえば。みつばにカフェができたって、ほんと？」

「あぁ。うん。もうオープンしてるよ」

「そうなんだ。場所、どこ？」

「市役所通り。二丁目側だね。中央公園の先」

「あの、美容室とかパン屋さんとかがあるとこ？」

「そう。眼鏡屋さんのあとに入った」

「あそこかぁ」

これも一応は個人情報だが、オープンにしていいそれなので、言う。

「カフェ『ノヴェレッテ』。よさそうな店だよ」

「へぇ」

「やっぱ秋宏は知ってるんだな、ちゃんと」とセトッチ。

「そりゃ知ってるでしょ。配達してるんだから」と未佳さん。「してる、んだよね？」

「うん。してるよ」

「お客さんは、入ってるの？」

「どうなんだろう。なかには入らないからよくわからないけど。外から見た感じだと、ぼちぼち、なのかな」

「まだあんまり知られてないのかもね。実際、わたしも場所を知らなかったわけだし。でもよさそうな店なら、行ってみたいなぁ。未久がいるからしばらくは無理だけど」

「今度ウチの親が来たときに、行ってみる？　未久はまかせて」

「あ、そうだね。そうしよう。でも、いいの？　お義父さんとお義母さんにまかせちゃって」

「いいよ。むしろ大喜びなはず。親父なんて、未久はどうしてる？　とか、わざわざ電話をかけて言ってくるくらいだし。おれも知らないよって言ったんだよ。仕事中だから」

「仕事中にかけてきたの？」

「そう。午後七時前ぐらいではあったけど。だからだいじょうぶ。何なら一週間預けても文句は言わないよ」

「未久が生まれてからは初デートだ、わたしたち」

「そういやそうか」

「生まれる前も、妊娠がわかってからはデートというデートをしてないから、ほんと、久しぶりだね」

「一年ぶりどころじゃないな」

「楽しみ」

「ってほどでもないだろ。市役所通りを渡ってすぐ。近場も近場だよ」

「デートとしても楽しみだけど、まずはお店として楽しみって意味」

「あぁ。そっちか」

「みつばって、住みやすいことは住みやすいけど、何か足りないなぁ、と思ってたのよね。何だろうと考えてみたら、カフェだった」

平日。今日の担当はみつば二区。

国分家にゆうメールが来ている。優昇様宛ではなく、優樹様宛。大きめの雑誌か何かだろう。

一階の集合ポストには入らない。厚さはだいじょうぶなのだが、長さがダメ。はみ出してしまう。集合ポストにそれを入れるのはなしだ。多くの人の目に付いてしまう。

ということで、手渡し。

例によって、一階のエントランスホールにあるインタホンのボタンを押す。五、〇、二。

「はい」

聞こえてくるのは、意外にも女声ではない。男声。たぶん、優樹さん。

「こんにちは。郵便局です。一階の集合ポストに入らない郵便物がありますので、お手渡しでよろしいでしょうか」

「はい。えーと、下に行けばいいですか？」

「いえ、こちらが伺います」

「あぁ。じゃあ、開けます」

「お願いします」

プツッ。

ガツッ。

シュルル～ッ。

五階に到着。エレベーターを降り、五〇二号室へ。

そこでは、何と、三十代前半ぐらいの男性が、ドアを開けて待っていてくれた。

「どうも。お待たせしました」

「すいません。わざわざ上まで」

「いえいえ」と言い、ゆうメールを見せる。「宛名、こちらでまちがいはありませんか？」

「はい。ぼくが優樹です。ハンコ、いりますか？」

「いえ、受けとっていただくだけでだいじょうぶです」

「あ、そうなんですね」

渡す。無事配達完了。不在通知を書かなくてすむのはたすかる。あれは結構な手間なのだ。タイムロスにもなる。

「お手数をおかけしました。ありがとうございます。では失礼します」

そう言って、エレベーターのほうへ戻りかける。

が、すぐに国分優樹さんが言う。

「あの」

「はい」

「郵便屋さんは、郵便屋さん、ですよね？」

「はい？」

一瞬、ニセ郵便局員だと疑われたのかと思った。本物ですよね？　と確認されたのかと。

ちがった。

「えーと、あの郵便屋さんですよね？　前に、ウチのに現金書留を届けてくれた」

ウチの。苗香さんだろう。

「あぁ。はい。そうだと思います。受けとっていただいた、あれですよね？」

「それです。瀬島栄次郎から来た現金書留」

「でしたら、そうです。僕が配達させていただきました」

「やっぱり。そうじゃないかと思ったんですよ。ウチのが、春行似の郵便屋さんだと言ってたんで。ちょっと似てるくらいだろうと思ってたんですけど、ちょっとじゃない。そっくりですね」

「そう、ですか」

「これじゃ、似てると人に言いたくもなります。驚きました。本人、じゃないですよね？　ぼくは何かだまされてないですよね？」

似てると言われるだけではない。こうなることもたまにある。いわゆる素人ドッキリにかけられているのではないかと思われてしまうのだ。春行が郵便配達員に扮して現れ、一般のかたがたを驚かす、というテレビ番組の企画ではないかと。

「本人ではないです。だましてもいませんので、どうかご安心を」

僕が春行でないのは事実。だから、だましていることにもうそをついていることにもならない。弟であるというもう一つの事実を明かさないだけだ。

「すいません。いきなり失礼なことを言って」

「いえ」

「あと、こないだも、すいませんでした」

「こないだ、ですか？」

「はい。何か、ウチのが、受けとるだの受けとらないだの言って、お時間をとらせてしまったみたいで」

「あぁ。いえいえ。せいぜい二、三分ですし。結局、受けとってもいただきましたし」

「今、ウチのはちょっと買物に出てまして。でもよかった。春行似だと聞いてなければ、さすがに声はかけられませんでしたよ」

　やや不安になり、自ら言う。

「あの件で、何かありましたか？」

「あ、いえ、郵便屋さんを振りまわしちゃったみたいなんで、一応、ご報告しておこうと。あれ、だいじょうぶでした。現金書留。瀬島栄次郎は社長です、ぼくが勤めてる会社の。ウチは飲食関係なんで、休みは土日じゃなく、平日なんですよ。だから今日もこうやって休みで」

「そうでしたか」

「あのお金、ちょっと遅めの出産祝だったんですよ。社長自身、知ったのが最近だったらしくて」

「なるほど」

「出産祝は会社としても出してくれるんですけど、去年あたりから、それとは別に社長が個人的に出すようにもしたみたいで。だから、社員が男性の場合は、あんなふうに妻宛に送るんだとか。社員自身に渡しちゃうと、その社員が自分のものにしちゃう可能性があるから」

「あぁ」

「社員を信用してないのかよ、と思っちゃいますけどね」と国分優樹さんは笑う。

「と言いつつ、自分のとこながらいい会社だとも思いますけど。個人で三万もくれるんですから」

「三万！」

「はい。まあ、確かに、直接もらったら、全部とは言わないまでも、一万ぐらいもらっちゃおうかと思う社員がいても不思議じゃないですよね。って、ぼくは思いませんけど。いや、でも。実際に三枚の一万円札を見ちゃったら、どうなのかな。一万円あれば三回飲みに行けるな、とか思っちゃったりして」

「うーん」

「ウチのにその現金書留の話を聞いた次の日、ちょうど会社で社長に会ったんで、言っちゃいましたよ。送るなら送るで事前に言っといてくださいよって。そしたら社長、言ったらサプライズにならないだろって。だからぼくは、じゃあ、せめて会社名を書くとか名前のあとに社長と書くとかしたほうがいいですよと、そうも言いました。妻は夫の会社の社長の名前なんて知りませんからって。社長、笑いながら怒ってましたよ。おいおい、そのぐらいは国分が伝えとけよって」

それを聞いて笑う。

社員さんが社長さんにそんなことを言えるのなら、そこは確かにいい会社なのかもしれない。風通しは、まちがいなくいい。

「普通そうだと思いませんか?」と国分優樹さんが言う。「妻は夫の会社の社長の名前を知りませんよ。知ってる人もいるでしょうけど、たぶん、何かの事情でたまたま知っただけ。知っておかなきゃと思ってわざわざ知りにいく人はそんなにいないですよ。全国に支社があるような大企業なら、社員自身が社長の名前を知らなくてもおかしくないし。ウチは、まあ、そこまでの規模じゃなくて社長も近くにいるから知ってますけど」

マズい、と思った瞬間にはもうその質問が来る。

「そういえば、郵便屋さんの会社はまさに大企業ですけど。社長さんの名前、知ってますか?」

「いやぁ。僕らの場合は、日本郵便があって、その上に日本郵政もあって、なのでとごまかす。「それに、局長が、普通の会社さんで言う社長みたいなものですし」

明らかにごまかしきれていないが、察してくれたのか、国分優樹さんは言ってくれる。

「ですよね。普通そうですよ」

「でもそういうことならよかったです。現金書留をお渡しした甲斐がありました」

「ウチのも、受取拒否しなくてよかったと言ってましたよ。もししてたら夫のぼくが社長に睨まれると思ったみたいで。そんなことで睨みませんけどね。それで睨む社長なら、個人で出産祝なんか出さないでしょうし」

そうなのだろうな、と思う。人の上に立つ人は、大きな人のほうがいい。体は小さくてもいいが、器は大きくあってほしい。

などと言う前に。

社長の名前、調べなきゃな。

「何かすいません」と国分優樹さん。「結局またお時間をとらせてしまいました」

「いえいえ。僕もお話を聞けてよかったです。そんな事情だったとは、さすがに想像できませんでした。今後の参考にさせていただきます」

「参考に、なりますかね。そんな奇特な社長はそういないと思いますけど」

「でも、人にはいろいろな事情があるのだと知ることができました。ものごとは大きく見なきゃダメだなと、あらためて思います」

「おぉ。そんなふうに言ってもらえるとうれしいです。じゃあ、ほんと、長々とすいませんでした。郵便も、ありがとうございます」

「こちらこそ。これからも郵便局をよろしくお願いします。奥さんにもお伝えください。あと、優昇くんにも」

「伝えます。ウチのはともかく、優昇は、理解できるかな」と国分優樹さんが笑う。

一礼して振り返り、去る。

まだ五階にあったエレベーターに乗り、一階へ。

エレベーター内で、そうかそうか、と一人笑う。社員の子の誕生を祝う社長。でも、妻は夫の会社の社長の名前なんて知りませんから、と社員に言われる社長。何かいい。

三万円はすごいが、たとえ三千円でも社員はうれしいと思う。奥さんだってうれしいはずだ。そんなことがあったら、もうその瀬島栄次郎という名前を忘れはしないだろう。夫はいい会社に勤めているのだと安心もするだろう。

それを僕に話してくれた国分優樹さん。ありがたい。

こういうことがあると、何だか気分がいい。それは局員一年めでも八年めでも変わらない。

不思議だが、そうなのだ。例えば年二回のボーナス支給日だって気分はいいが、そういうのとはまたちがう。よさの度合は、むしろこんなときのほうが高いかもしれない。気分のよさ。多幸感、と言い換えてもいい。

エレベーターから降り、エントランスホールを出て、バイクに乗る。配達を再開する。

この手の多幸感は、結構続く。

はっきりと暖かくなった春の風。それを頬に受けながら、国分優昇くんや山浦小梅ちゃんや瀬戸未久くんに向けて僕は言う。声には出さず、心のなかで。

国分優樹さんも苗香さんもそう。山浦善晴さんもひかりさんもそう。セトッチも未佳さんもそう。その周りの人たちもそう。血のつながりがある人だけでなく、ない人もそう。例えば瀬島栄次郎社長も僕平本秋宏もそう。

この世に生まれてきたあなたを祝う人はね、もう、たくさんいますよ。

拾いものにも福はある

いやぁ。

暑《あつ》、暑《あつ》、暑《あつ》、暑《あつ》。

暑、暑、暑、暑。

朝から、連発。

今年はその言葉を口にする回数が去年よりずっと増えたような気がする。それも三十歳になったせいなのか。体が衰えてきたことの証なのか。

と、最近そうやって何でも三十歳のせいにしているような気もする。

夜眠れなかったら三十歳のせい。朝起きれなかったら三十歳のせい。昼眠かったら三十歳のせい。誤配をしそうになったら三十歳のせい。あれもこれも三十歳のせい。

三十歳になっても何も変わらない。と言っておきながら、いつの間にかそんなふうに考えるようになっている。そうすれば楽だということに気づいてしまったのだ。よくない。

にしても。暑いことは暑い。

暑、暑、暑、暑。

暑、暑、暑、暑。

今日の担当はみつば一区。一戸建てが多く、そこにいくつかのアパートが交ざる。そのアパートの一つ、カーサみつばには、カノジョの三好たまきが住んでいる。僕は休日前夜にそこを訪ねたりもする。

ほかのアパートの一つ、ハニーデューみつばには、僕の初恋の人である出口愛加《でぐちあいか》ちゃんも住んでいる。

もちろん、それは偶然。その名前の人の転居届が出されたので、まさかな、と思っていたらそのまさかだった。本当にあの出口愛加ちゃんだったのだ。配達で何度か顔を合わせたことがある。一度、みつば中央公園で話したこともある。でもそれだけ。そのことはたまきもちゃんと知っている。

テレビドラマのようなロマンチック展開はなし。初恋の人と現カノジョのあいだで揺れる主人公、みたいなのは一切なし。揺れ、なし。

ただ、そんな二人が住んでいたりもするから、ホーム感はある。僕の配達員としてのベースはこのみつば一区、とでもいうような。

もう八年め。これまでこの区を何回まわったかなぁ、と思いつつ、配達する。

実際に計算してみる。

八年めだが、まあ、ざっくり七年として。出勤日もざっくり年間二百五十日として。七年だと、千七百五十日。

千回まではいかないだろう。みつば一区七百回。みつば二区五百五十回。三区の四葉が五百回。そんな感じかもしれない。

七百回。結構な数だ。それだけまわれば全軒覚えてしまう。覚えないほうがおかしい。そこに住んでいるのでもない限り、人は七百回もその町をまわらない。いや、住んでいるとしても、通りを隈なく歩いたりはしない。

埋立地のみつばはきちんと区画整理されているので、配達はしやすい。国道の向こう、高台に位置する四葉とちがい、一軒の配達のために長い距離を走ることもない。

住宅地内の細い道。まずは左側に並ぶお宅一列を片づける。端まで行ったらUターンし、今度は右側の一列を片づける。

それを何度もくり返していくのだが。その何度めかのとき。次の通りに入るべく、バイクを左に傾けて曲がったところで、下に向けた視線の先に何かを発見。

あ、ひいちゃう、と思ったが、ぎりセーフ。

長方形の何か。配達員だから一目でわかる。封書だ。

それが道路の端、U字溝のわきにある。溝に落ちてはいない。まだ路上。だから目に入った。気づけた。

流れでその通りの一軒め、角のお宅に配達し、すぐにそこへ戻る。

バイクを停めて降り、しゃがむ。

このところ連日、晴れ。雨は降っていないので、U字溝に水はたまっていない。でも底が少し湿ってはいるので、落ちてたら濡れていただろう。あぶない。気づけてよかった。

拾う。

他社さんのものではない。郵便物。料金後納郵便、と記された封書。それだと消印は押されないから、いつ出されたものかはわからない。そして、未開封。

宛名は。

ここ二丁目でないばかりか、みつばでもない。隣町、四葉。隣といっても、距離はかなりある。鉄道も国道も挟む。バス通りの陸橋を上っていかなければならない。そんなだから、局の配達区もちがう。今日は美郷さんがまわっているはずだ。

その四葉にあるアパート、フォーリーフ四葉三〇一の増田佳世子《ますだかよこ》様宛。

それが何故このみつばに？

フォーリーフといえば、前に四葉小学校の栗田友代《くりたともよ》先生が住んでいて、今は四葉自動車教習所の益子豊士《ますことよし》教官が住んでいるアパートだ。カーサみつばのようなワンルームではない。二間。

栗田先生は四葉小から異動になり、よそへ転居した。いつも勤務先の学校がある町に住むことにしているのだと本人が言っていた。

四葉小の職員室で初めて僕にお茶を飲ませてくれたのがこの栗田先生だ。郵便屋が職員室に入れてもらって、お茶。さすがに驚き、緊張した。入れ替わりでやってきた旧姓鳥越《とりごえ》の青野幸子《あおのさちこ》先生も、やはり僕にお茶を入れてくれた。青森に住むお父さんが先生に送ってきた梅こぶ茶を入れてくれたりもした。

この青野先生、セトッチの妻未佳さんのように、今は育休中だ。

栗田先生が住んでいたのはフォーリーフ四葉の二〇三号室。高木志織《たかぎしおり》さんという人を経て、今は坂野牧子《さかのまきこ》さんという人が住んでいる。

書留などを配達したことはないので、どちらとも会ったことはない。だからそこにはいまだに栗田先生が住んでいるような気がしてしまう。顔という、名前以上にわかりやすい情報が上書きされていないからだ。

その上階、三〇三号室に住んでいるのが益子豊士さん。教官さん。そもそもは配達中に四葉自教で知り合ったが、今は仕事外で会うこともある。会うというよりは、出くわす、だ。

四葉駅前にあるバー『ソーアン』にたまきと二人で行くとたまに出くわす。いや、たまにでもない。結構出くわす。教官の仕事は基本的に三勤一休らしいのだが、益子さんは休日前夜には必ず来るのだ。だから僕らもその日に行けば必ず会う。

益子さんは四十代前半。独身。別れた奥さんと娘さんがいる。二人とはまったく会っていないという。『ソーアン』で何度か出くわしているうちに、そんなことを聞いた。

僕の両親、父芳郎《よしろう》と母幹子《みきこ》も離婚しているが、まったく会わないことはない。最近は春行が忙しくて旧平本家の四人ではなかなか会えないが、会おうとしていないわけではない。益子さんは、会えないらしい。ちょっと切ない。

と、まあ、フォーリーフ四葉やそこの住人さんたちのことはいいとして。

封書を手に、うーむ、と僕は考える。

どこかの会社さんが増田佳世子さんに出した封書。郵便物というよりは落としものであるような気がする。つまり、拾得物。拾ったのがたまたま僕であっただけ。郵便配達員の僕でも、これは警察に届けるべきではないのか。

ただ、実際に届けたら。みつば駅前交番の池上早真《いけがみはやま》さんや南川昇一《みなみかわしょういち》さんは驚くだろう。郵便屋さんがウチにこれを届けるの？　と。

当然の反応だ。北海道や沖縄の人宛の郵便物ならまだわかる。いや、そこまで遠くなくていい。東京の人宛でも充分。それならまちがいなく落としもの、拾得物として扱える。

でも、四葉。いつも自分たちが配達している町だ。

と、そこまで考えて、思う。

例えば。早めのランチのために帰局しようとした美郷さんがその途中で落とした、ということはないか。

ここは四葉からみつばへの最短コースでも何でもないが、コンビニに寄ったりしていれば、あり得なくはない。といって、ここはコンビニからみつば局への最短コースでもないが、可能性はゼロではない。瀬島栄次郎さんが国分苗香さんに出したあの書留のように、判明してみれば、何だそんなことか、となるような事情があるのかもしれない。ないでしょうけど。

過去にも、この手の拾いものは何度かしている。

最も印象的なのは、たまきの下着だ。上に着けるほうではなく、下に穿くほう。洗濯ものとして干されていたそれが、カーサみつば二階にあるたまきの部屋のベランダから春一番で飛ばされた。その飛ばされた瞬間を、バイクで道を走っていた僕が見た。

見てしまったからには、ほうっておけなかった。知らんぷりは、さすがにできなかった。僕はそこでもUターンして、生け垣の枝に引っかかっていた現物を確認した。

そして、男性の自分が手を触れるべきではない、それを直接届けるべきではない、と判断し、部屋を訪ねてたまきに事情を説明した。

その後あれこれあり、僕らは付き合うようになったのだ。始まりはそこ。拾いもの。あれがなかったら、今、僕らは付き合っていないかもしれない。

それ以外にも、印象的なことはもう一つ。厳密には拾いものではないが、似た感じではある。

今度は四葉。今は6LDKの大きな一戸建てになっているが当時はトレーラーハウスだった、デイトレーダーの峰崎隆由《みねざきたかよし》さん宅。

そのトレーラーハウスの前に駐められていた車のトランクのカギ穴にカギが挿しこまれたままになっていた。バイクで通りかかった僕がそれに気づいた。案外気づくのだ。そういうのは何故か目がとらえる。

周りに人はいなかったので、抜き忘れだろうと思った。わかりやすい場所ではあるから、カギがないと気づいたらすぐにそこを捜すはず。とはいえ、よくないことはよくない。僕のように気づいた誰かが車を盗むこともできる。

そう考えた僕は、やはりUターンして車のところへ戻った。そして峰崎さんにそれを伝えた。

その件はそれで解決。ただ、その後、トレーラーハウスは空巣に入られた。何と、その瞬間も、配達をしていた僕が見てしまい、警察に通報した。

空巣自体は拾いものとは関係ない。が、そのカギのときに峰崎さんと知り合っていなければ、空巣のときに僕がとる行動はちがうものになっていたかもしれない。と、そうは思う。

絶対に空巣だとの確信はなかったから、通報するか迷ったのだ。でも峰崎さんを知っていたから、通報した。もし勘ちがいならあとで謝ればいい。そう思えた。要するに面識があったから。拾いものによって縁はできていたからだ。

その二度の経験があるので、僕はここでも拾う。もうすでに手にしてはいるが、気持ちのうえでもはっきりと拾う。責任も負う覚悟で。

下着でもカギでもない。郵便配達員が郵便物を拾うのだから、ちっともおかしくない。当たり前。むしろ拾わなければおかしい。


とりあえず配達を続けながら、今後の対処について考える。

でも口では言う。

暑、暑、暑、暑。

暑、暑、暑、暑。

暑、暑、暑、暑。

連発も連発。今日は本当に暑い。猛暑を超えている。酷暑。激暑。

たまらず、県立みつば高校のわきの道に避難する。

僕ら配達員が言うところの、みつば高危険ゾーン。区画整理された住宅地のみつばで唯一と言っていい、未舗装の道だ。近くに家はないから配達コースに入ってもいない。でも木々はあるので木陰もある。陽射しからは逃げられる。

ここが危険なのは、雨の日。ぬかるんだときがヤバい。雨の次の日でもまだヤバい。表面は乾いたように見せて、なかはまだぬかるんでいるのだ。だまされてバイクで走ると、ヌルンとくる。そうなったらもうおしまい。転倒するしかない。

一昨年、僕も転んだ。危険だとわかっていたのに走ってしまい、転んだ。しばらく転んでいなかったので、甘く見ていたのだ。

でも今はさすがにだいじょうぶ。ちゃんと乾き、土が白っぽくなっている。濡れ感はゼロ。これでなかがぬかるんでいたら、もうあきらめるしかない。蜜葉市に舗装をお願いするしかない。

木陰に行き、バイクを駐めて、給水タイム。休憩時間ではない。水分補給の時間。

これは小松課長からも認められている。熱中症対策として水分補給はこまめにするよう言われている。

本当にそうだ。しなきゃあぶない。何せ、僕らは四時間も五時間も外にいるのだ。ただいるだけでも体力は奪われる。そのうえ配達するのだから、奪われまくる。

ヘルメットをとり、ペットボトルの水を飲む。局を出るときはまだ冷たかったが、今はもうぬるま湯になっている。バイクの後ろのキャリーボックスに入れておくだけでそうなるのだ。

普通なら水を三口飲むだけでノドの渇きは癒える、と聞いたことがある。でもこう暑いとそうもいかない。ぬるま湯でも、ゴクゴク飲んでしまう。本当に今日は無理。コンビニで追加のスポーツドリンクを買う必要がありそうだ。

ふうっと息を吐き、ハンカチで額の汗を拭う。拭っても拭っても汗は出る。汗に濡れた制服も、局に戻るまで一度も乾くことはない。

ブルブルと、パンツのポケットのなかでスマホが震える。

取りだして、画面を見る。

メール。まさかの野島聖奈《のじませいな》から。

さすがに見てしまう。やはりちょっと休憩にするつもりで。

〈久しぶり。野島から井上《いのうえ》に戻りました。スッキリしました。お知らせまで。春行

はすごいね。『ダメデカ』おもしろかったです〉

それだけ。

僕に出したメールなのに、文面に秋宏の文字は出てこない。出てくるのは春行のみ。それがまた聖奈だ。

たぶん、意図したわけではない。無意識にそうなったのだろう。聖奈は結婚してからも、春行がケータイを新しくしたみたいだから番号を教えてほしいと僕に言ってきたくらいなので。

聖奈からメールが来たこともまさかだが、内容もまさかだ。文字は少ないものの、情報は詰まっている。

野島から井上に。お知らせまで。離婚した、ということだろう。

何というか、早い。結婚してまだ五年は経っていないはずだ。結婚したときに電話が来て、子どもが生まれたときにはメールが来た。

子ども。そう。聖花《せいか》ちゃん。名前も知っている。聖奈がメールに書いてきたから。それを忘れたりはしない。ちゃんと覚えている。

聖花ちゃん。今、二歳ぐらいだろう。その聖花ちゃんはどうなったのか。

そこまでは書かれていない。知りたければ返信を、ということなのか。それとも、もう野島ではありませんからね、という単なる通知なのか。聖奈とはもう距離があり過ぎてその判断がつかない。

聖奈がメールで連絡してきたのも、僕のＬＩＮＥのＩＤを知らないから。教えなかったわけではない。聖奈と付き合いがあったころはまだＬＩＮＥを利用していなかったのだ。だから、メール。それだけで僕らの遠さがわかる。

僕はもう聖奈の電話番号もメールアドレスも残してはいないが、聖奈が僕のそれを知っているので連絡は来る。僕もそれらを拒否したりはしない。受取拒否という言葉はきついと国分苗香さんも言っていたが、電話やメールの受信拒否もきつい。それはなかなかできない。

とそんなことを言う前に。実際にまだ連絡が来るとは思わなかった。

結婚の電話が来たときも驚いた。それを僕にも伝えるのか、と。

聖花ちゃん誕生のお知らせメールが来たときも驚いた。それも僕に伝えるのか、と。

でも返信はした。

〈おめでとう。聖花ちゃん。いい名前だね〉

確かそんなだったと思う。

で、今回もまた驚いた。僕に離婚まで伝えるのか、と。

井上聖奈は、僕の元カノジョにして春行の元カノジョでもある。言葉にすればそうなってしまう。聖奈は僕をフって春行と付き合い、フラれたのだ。

春行は、僕が前に聖奈と付き合っていたことを知らずに付き合った。が、その事実を知って、別れた。弟をコケにするやつとは付き合えない、と言って。

僕ら三人が皆高校生のころの話だ。懐かしい。今はもうそんなふうにしか思わない。

のだが。

こんなメールが来ると、さすがにちょっと揺れる。聖奈自身のことでというよりは、顔も知らない聖花ちゃんのことで。国分優昇くんや山浦小梅ちゃんや瀬戸未久くん。このところ、赤ちゃんとの有機的だったり無機的だったりする接触が続いたからかもしれない。

聖奈自身のことも心配は心配だが、まずは聖花ちゃん。だいじょうぶなのか。

返信はどうしようかなぁ、と思う。メールをくれたのだから、礼儀としてするべきではある。したくないわけではまったくない。ただ、何を書けばいいかわからない。

結果、こう書いた。

〈聖奈さんと聖花ちゃんにとってよかったのであれば、よかったです〉

聖奈はもう呼び捨てではなく、聖奈さん。

送信してから、聖花ちゃんのことに触れるべきではなかったか、と思ったが、まあ、いいか、とも思った。何があろうと聖花ちゃんが聖奈の娘であることは変わらないのだし。

このメール送信は完全に私用。だから、ここでは休憩を五分とったことにする。午後の休憩を十分に短縮すれば帳尻は合う。

最後にもう一度ペットボトルのぬるま湯水《ゆすい》を飲み、もう一度ハンカチで額の汗を拭って、ヘルメットをかぶる。

バイクに乗り、カギをまわしてエンジンをかけようとしたところで、またスマホのブルブルが来る。

ポケットから取りだして、画面を見る。また聖奈。

〈今は聖花と二人でやってます。じいじとばあばに見てもらってもいるけど。よく聖花の名前を覚えてたね。さすが秋宏〉

これまたまさか。二度めが来るとは思わなかった。基本的に、聖奈は言いっぱなしになることが多いので。

まずは安堵。聖花ちゃんが普通に暮らせているならよかった。こう言っては聖奈に失礼だが、じいじとばあばがついているならよかった。

このメールには秋宏の名前が出てきた。よく秋宏の名前を覚えてたね、という返信の文言を思いついたが、冗談にならなそうなので書きはしない。返信もしない。僕らの関係からすれば、この三つのやりとりでちょうどだろう。

ここでの休憩は五分。聖奈には悪いが、この件はこれにて終了。

僕はパンツのポケットにスマホを戻し、バイクのエンジンをかける。発進。

何だろう。水分補給と今のメールで、少し前向きになったような気がする。

やはりフォーリーフ四葉の増田佳世子様宛の封書を届けよう、と思う。今日のうちに届けよう、と。

実際、拾ったからには届けるつもりになっていた。ただ、今日はきついな、と感じてもいた。四葉まで行って帰ってくるのはかなりのタイムロスになる。そのうえ今日はいつもより郵便物が多い。定時には終われなくなってしまう。このところ、前以上に言われるのだ。予定外の超勤はしないように、と。

でもこういうことならしかたない。落ちていたのは下着でもカギでもなく、郵便物。たとえそれが拾得物であっても、郵便屋は郵便物を届ける。

ということで、思い立ったら即実行。みつばを離れ、陸橋を上る。

四葉ならではのくねくね道を通り、フォーリーフ四葉に到着。

バイクから降りる。ヘルメットをとり、キャリーボックスに収めてカギをかける。

またもハンカチで額の汗を拭う。そうしないと、目に入って染みるのだ。

みつばで拾った封書だけを手に、階段を静かに駆け上る。

フォーリーフ四葉は三階建てなので、一階に集合ポストがある。だから普段の配達は楽だが、こんなときはつらい。こう暑いと二階でもつらいのに、三階はしんどい。

三〇一号室の前に立つ。

どうかいてください、と念じつつ、ドアのわきにあるインタホンのボタンを押す。

ウィンウォーン。

「こんにちは〜。郵便局で〜す」と大きすぎない声で言って、待つ。

反応はない。

でも二間だからワンルームのアパートよりは反応が遅いこともある。そう思い、さらに待つ。

念のため、もう一度。

ウィンウォーン。

反応なし。

このウィンウォーンは二度までと決めている。三度はやり過ぎ。来訪者の苛立ち、を周りに感じさせてしまう。

無駄足、確定。

まあ、そうだよなぁ、と思う。今日は金曜。平日だから無理もない。わかってはいたのだ。在宅の可能性はせいぜい二十パーセント。それでも一応トライしてみた、というだけの話。

今度は階段を静かに駆け下りながら、善後策を考える。

明日は土曜。五味くんが出てくるから、僕の担当は四葉。ならもう一度だ。

そう決めて、バイクに乗り、みつばへと戻る。初めからそうしておけばよかったか、と少しは思いつつ。でもやるべきことをやっての結果だから無駄足でもないか、とも思いつつ。


四葉への長い寄道で疲労も一気に増すが、ここは踏んばりどころとばかり、暑、暑、暑、暑、は一回一セットにとどめ、みつば一区を配達。ペースを上げることで遅れを取り戻しにかかる。

どうにか取り戻せたことは、メゾンしおさいにたどり着いた時刻でわかる。

午後一時すぎ。それが目安。かつては午後三時すぎということもあったが、配達コースを見直した結果、そうなった。

ここまで来れば、その日の配達の七割は終わっている。僕はこの近辺を終えてから昼食にすることが多い。今日はこの暑さ。さすがにみつば第二公園での屋外ランチはきついので、局に戻るつもりでいる。

メゾンしおさいはワンルームのアパート。一階二階に各三室の計六室と、こぢんまりしている。建物の外壁は、潮騒らしく、淡い水色。だったのだが、今年塗り直されて、もう少し濃い水色になった。

今日郵便物があるのは、一〇二号室と二〇三号室。

残念、二階もあったか。と思いながら、一〇二号室への配達を終えて、階段を静かに駆け上る。

フォーリーフ四葉とちがい、ここは二階建て。それだと集合ポストは設置しなくていいのだ。だから僕ら配達員は書留などがなくても二階へ行かなければならない。

基本、階段は駆け上り、駆け下りることにしている。ただし、静かに。足音は抑える。どんなに疲れていてもそうする。でないと、余計ダラダラしてしまうから。

自分にムチを打てなくなったらマズい。僕はそう思っている。それができなくなったときに老いは始まるのだろうと。衰えは始まっているが、老いはまだ始めたくない。

実際、体力のピークは、男性の場合、十七歳ぐらいらしい。二十歳を過ぎるとゆるやかに衰えていく。ただ、体力に直結する筋肉の量は四十代ぐらいまでどうにか維持されるので、はい、十七歳でおしまい、とはならない。

だから、衰えはとっくに始まっているのだ。せめて筋力は維持するよう努めなければならない。配達中も自分の足で走れるところは走るようにしたい。

二〇三号室のドアポストにＤＭハガキを入れ、階段を静かに駆け下りる。建物の前の駐車スペースに駐めたバイクのところへ戻る。

そこで一〇三号室のドアが開く。

あっと思う。驚きと微かな喜びが入り混じった、あっ、だ。

「あぶね～」と言いながら、サンダルを突っかけた片岡泉《かたおかいずみ》さんが出てくる。「ベッドでスマホ見てたら寝落ち。スマホが顔に落ちてきて、起きた」

「どうも。こんにちは」

「郵便屋さんさ、階段を上り下りするときにもうちょっと音を立ててくんないと気づけないよ。今日は休みだから待ってたのに、あやうく取り逃がすとこだった」

「いや、取り逃がすって」

「今ぐらいの足音じゃ、ほぼ何も聞こえないからね」

「でしたらそれでいいような」

「いいんだけどさ。もうちょっと音を出してもだいじょうぶ。階段を上り下りするなんて、せいぜい十秒二十秒でしょ？　騒音になんてなんないから」

「じゃあ、もうちょっとゆるめます」

「ゆるめるって、何を？」

「気を」

「といっても、どうせゆるめないのが郵便屋さんだけどね。わたしもほんとはありがたいのよ。だって、寝落ちできるぐらい静かにしてくれてるんだから。何にしても、今は寝落ちしてよかった。寝落ち即起床。スマホの角がデコに当たって痛いけど」

「だいじょうぶですか？」

「だいじょぶ。はい、これ。ダーリン」

そう言って、片岡泉さんは手にしていたペットボトルのお茶を僕に差しだす。二本のうちの一本だ。

「いいんですか？」

「いいに決まってんじゃない。何を今さら。いいんですか？　とかダーリンが言わないでよ」

ヘルメットをとり、バイクのシートに置く。そしてペットボトルを受けとる。

「ありがとうございます」

見れば、去年僕が気に入ったジャスミン茶だ。

「今回もね、ちゃんと冷凍庫で冷やしといたから」

「それもありがとうございます」

「あのまま寝てたら、入れたのを忘れてカッチンカッチンになっちゃうとこだったよ」

「よかったです。起きてくださって」

「わたしもよかった。スマホがデコに落ちてくださって。ほら、座ろ」

「はい」

座る。建物と駐車スペースとのあいだにある段に。並んで。

今年も当たり前のようにそうしてしまったが。

実は、もう片岡泉さんに会えない可能性もあると思っていた。転居届は出されていないからまだこのメゾンしおさいに住んでいることは知っていたが、いつそれが出されてもおかしくないと思ってもいた。去年やはりこの場所で聞かされていたからだ。片岡泉さんがカレシの木村輝伸《きむらてるのぶ》さんと結婚する方向で動きだしたことを。

木村輝伸さんは一流商社勤務。そのときはロンドンに赴任中だった。でも任期を終えて日本に戻ったら結婚したいと片岡泉さんに伝えたという。

まだプロポーズではないと片岡泉さんは言っていたが、実質、プロポーズだろう。結婚という言葉を出してしまったら、それはもうプロポーズだ。

木村輝伸さんのロンドン赴任は三年の予定。初めは二年だったが、一年延長されてそうなった。その三年も、今年の三月で終わったはず。

だからいよいよ、と僕は思っていたのだが。

片岡泉さんは何故かこうして今もメゾンしおさいにいる。ペットボトルのお茶を僕にくれている。これまでと何も変わらない感じで。

ちょっといやな予感がする。もしかして、事情が変わった？　木村輝伸さんと別れた？

でもそれは思うだけ。さすがに訊けはしない。配達人が受取人さんに訊いていいことでもない。

代わりに言う。

「あ、そうだ。今日、郵便物はないです」

「了解。郵便物、最近、ほんとに減ったよね。デジタル化だ何だで、紙で来てたいろんなものがなくなっちゃった。電話料金なんかも、ネットで自分で見てくれ、とか」

「そうですね」

「紙のほうがよければそうしてくれるらしいけど、そのためにはいくらか払わなきゃいけなかったりすんのよね。だったらいいやになっちゃうよ。そういうの、何て言うんだっけ」

「ペーパーレス、ですか？」

「そう。それ。雑誌とかだってそうだもんね。あれは紙のほうがいいような気がするけど」

「僕もそう思います」

「画面で見るならネットの記事と一緒だもんね。雑誌としてひとまとまりって感じもないし。って、そんなことはいいか。飲も」

「はい。いただきます」

それぞれにキャップを開け、ジャスミン茶を飲む。

冷凍庫効果。冷たい。そしてジャスミンの香りがいい刺激になる。一気に覚醒し、ゴクゴクいってしまう。

「あぁ。おいしいです」

「ジャスミン茶。郵便屋さんが好きみたいだからこれにした。ずっとだと飽きるかと思ってたけど、そうでもないね。飲んでるうちにわたしもすごく好きになった。今は普通の緑茶と同じくらい好き。同じくらい頻繁に買うよ。テルちんは普通の緑茶のほうが好きだったみたいだけど」

テルちん。いきなり名前が出た。木村輝伸さんだ。

出たはいいが、ちょっと気になる。好きだった。過去形。

「前にも言ったけどさ、郵便屋さんはほんとにおいしそうに飲むよね。アイスはおいしそうに食べるし、お茶はおいしそうに飲む」

「前にも言いましたけど、ほんとにおいしいですからね。片岡さんがくれるタイミングがまたいつも絶妙ですし」

「いや、それは、郵便屋さんがウチに来るのがいつもそのタイミングってだけじゃない」

「そうでした」

「でもさぁ、今日は特に暑いよね」

「暑いです。今年一番かもしれません」

「真夏の午後一時って、一日のなかでも一番暑い時間だもんね。人が外で働いていい時間じゃないよ」

「そう、ですよね」

「ただ。だからやらないってわけにもいかないしね。誰かがやってくれないと、みんなが困っちゃう。郵便配達とか、道路工事とか、田植えとか」

農作業ではなく、田植え。ピンポイントで来たところについ笑う。

「歳とってきたからなのかなぁ。最近、ほんと、そう思うよ。冷房が効きすぎだとかそんなことで文句言ってたらバチが当たるなって」

「バチは当たらないと思いますけどね」

「わたしが働いてるお店なんてさ、キンキンに冷えちゃってんのよ」

お店というのは、服屋さんだ。片岡泉さんはカジュアルな洋服を売るお店に勤めている。男性ものも女性ものも扱うところだ。初めはアルバイトだったが、誘いを受けて正社員になった。

「まあ、お客さんのためだからしかたないんだけどね。試着してもらった服に汗が付いちゃったりするのもよくないし。でも、何か無駄に電気をつかってんなぁって感じもしちゃう。なぁんて今は言ってるけど、そのときに文句を言うのは、単に自分が寒いから。バチが当たるなんて善人ぽいことを言うのはあとで」

「あとで思えば充分じゃないですかね。いや、別に思わなくてもいいですけど。その温度設定でちょうどだと思う誰かもいるでしょうし」

「あぁ。確かにね。同僚には暑がり男子もいるわ。設定が十八度でもいいとか言ってる」

「なかには、部屋をエアコンで冷やしてフトンをかけて寝るのが好きっていう人もいますからね」

「いるの？」

「いるみたいです」

春行はそれに近い。そこまで極端ではないが。

「あとさぁ、バチが当たるとか、そんなおばちゃんみたいなことを自分が言っちゃってることにも危機感を覚えるよ。じき二十九だからしかたないけど。歳とるとやっぱり言っちゃうんだね、そういうこと」

「バチが当たるは、普通に言いませんか？　僕は二十代どころか十代でも言ってたような気がしますよ」

「そっか。まあ、言うか。じゃあ、セーフ。わたしはまだおばちゃん未満。予備軍止まり。っていうその予備軍がまたおばちゃんぽい」

そんなことを言って、笑っている。片岡泉さん。この人はやはりおもしろい。人としてかわいらしい。実際におばちゃんになったとしてもかわいらしくいられる人なのだ。たぶん。

もう何度も思っているが、今回もまた思う。

この片岡泉さんとこんなふうにここでお茶を飲んでいることが不思議だ。だって、初め僕は苦情で呼ばれたのだから。

郵便物の誤配。でも実は僕らの誤配ではなかった。他社さんのメール便の誤配だったのだ。

それを郵便物と勘ちがいした片岡泉さんがみつば局に電話をかけてきた。そしてその日の担当であった僕が郵便物の引きとりと謝罪に出向いた。が、結局はどちらの必要もなかった。

その場ではすんなり態度を変えられなかった片岡泉さんだが、あとで謝ってくれた。そんなことは期待も想定もしていなかったから、かえって恐縮した。

その際、片岡泉さんは僕のためにアイスを用意してくれていた。棒付きのアイスだ。ソーダ味。そのアイスを、今と同じこの場所に並んで座って食べた。それが最初だ。

以後、片岡泉さんは毎年コーラだのお茶だのをくれるようになった。お茶は冷凍庫で冷やしてくれるようにさえなった。四葉の今井博利さんが冬に缶コーヒーを保温庫で温めておいてくれるようなものだ。

今井さんとちがい、この片岡泉さんに神感はない。でもそれは決して悪い意味ではない。単純に僕と歳が近いからであり、神感以上に人間感が強いからでもある。と僕は思っている。

「わたし、こんなことはもうないと思ってたんだけどね」とその片岡泉さんが隣で言う。

「こんなこと、というのは」

「こんなふうに郵便屋さんとお茶を飲んだりすること」

「あぁ。どうしてですか?」とそこは訊いてしまう。

「去年、テルちんと結婚がどうとか、話したでしょ? テルちんが日本に帰ってきたらどうとか」

「はい」

「だからさ、もしかしたら今ごろはもうここに住んでない可能性もあると思ってたわけ。でも住んでる。こうやってお茶も出せた。ちょっとうれしい」

「それは僕もうれしいですけど」

「けど?」と訊き返される。

「あ、いえ、何も」

「テルちん、日本に帰ってきてんの」

「そうですか」

「うん。一年延びて三年。それ以上はないはずだったし。といっても、会社なんてわかんないから、再延長もあり得るとは思ってたけど。それはなかった」

「今はどちらに」

「独身寮。ロンドンにいたときから関わってるプロジェクトがあって、こっちに戻ってからは本社の特別室っていうとこにいたんだけど。配属が決まるのはそのあとなんで、とりあえず独身寮に入ったの。ここに二人は住めないし」

「え？」

「え？　って、何？」

「いや、えーと」

「ワンルームだから二人は住めないでしょ。住めるとこもあるみたいだけど、ここはダメ。そう決められてる。一応、見たんだけど、契約書にも書いてあった」

「あぁ。そういうことですか」

「そう。よく見たら、ちゃんと書いてあった。住めるのは一人って」

「あ、いえ、そこじゃなくて」

「ん？」

「まだ付き合ってる、んですよね？　木村さんと」

「付き合ってるよ」と片岡泉さんは不思議そうな顔で言う。「何で？」

「いや、あの、去年ああおっしゃってて、まだこちらにお住まいなので、もしかしたら、もしかしたのかなぁ、と」

「あぁ。別れたってこと？」

「そう言われるとあれですけど」

「別れないよ。別れるわけない。郵便屋さんにあんなこと言っといて別れないでしょ。って、まあ、テルちんの意思もあるからわかんないけど。でもわたしは別れないよ。三年待ったんだもん。待つあいだに気持ちは変わんなかったし。むしろ高まったし」

「だったら、よかったです。と、僕が言うのも何ですけど」

「すぐ一緒に住んでもよかったんだけどね、テルちんの配属のことがあったから、二人で話して、急がないことに決めたの。わたしの仕事のこともあるし」

「それは、やめるとかやめないとか、そういうことですか？」

「やめないよ。仕事はしたいもん。それはできる限り続けたい。最近ね、ウチは子ども服も扱うようになって、幅が広がってきてんの。わたしでもやれることがいろいろあって、すごく楽しい。だからやめない。ただ、テルちんの勤務地に合わせて店を移れるかとか、そっちも検討しようと思って」

「いつ決まるんですか？　木村さんの勤務地」

「もう決まった。正式に本社勤務になった。だからほんとは動けるの。でもそうなったらなったで、今のこの暮らしも何だか惜しくなっちゃって。ほら、テルちんがロンドンに行くときはいきなり決まっちゃったでしょ？　こんなようなカレシカノジョ生活をもうちょっとしてみたくて」

「こんなような、というのは」

「同棲まではしないけど頻繁に行き来はする、みたいな。テルちんは、もうそろそろいいんじゃないの？　って言ってるんだけどね。でもわたしの異動がもしかしたら十月にあるかもしれないから、今はそれ待ち。まあ、わたしの場合は大阪に行ったりすることはないんだけど。ただ、異動があるのかないのか、あるならどこになのか、全部はっきりしたあとで場所を決めたいから」

片岡泉さんはジャスミン茶を一口飲む。そして言う。

「テルちん家《け》にあいさつに行くのはちょっと緊張するなぁ」

テルちん家、という言葉に笑いつつ、言う。

「それは、まだなんですね」

「まだだよ。そりゃそうでしょ。結婚するとはっきり決まってもいないのに行かないよ」

流れに乗って訊いてしまう。

「でも、決まったようなものなんですよね？」

「ものだけど、まだプロポーズはさせてない」

「させてない」

「うん。プロポーズは考えに考えてちゃんとやってねって言ってあんの」

「だったらもうそれはプロポーズではないような」

「ん？」

「実際のプロポーズは、もうすんでしまってるような」

「いや、まだまだ。それはちゃんとやらせる。やってほしい。謹んでお受けします、とか言いたい」

「何か、横綱昇進、みたいですね」

「そう。今後も相撲道に邁進します、みたいなやつね。伝達式とかで、親方同席で言うの」

「片岡さん、相撲、好きなんですか？」

「テルちんが好き。ロンドンでも見てたんだって。だからわたしもちょっと見るようになった。部屋にテルちんが来たとき、一緒にテレビで見ることもあるよ。午後六時まで見て、それから駅前のファミレスに晩ご飯食べに行ったりする。相撲は早く終わってくれるからちょうどいい」

「確かに、ちゃんと終わってくれますもんね、午後六時に」

「テルちんのお父さんも相撲好《ず》きらしいから、会ったらその話をしようと思ってるよ。はたき込みとか引き落としとかしないで、ちゃんとがっぷり四つに組んでほしいですよね、とか」

　息子が連れてきた結婚相手がそんなことを言いだしたら、お父さんは驚くだろう。

そして、うれしいだろう。

「ウチに来るのはいつでもいいよって、テルちんは言ってくれてる。わたしのタイミングでいいって」

「片岡さんの親御さんは、木村さんに会ってるんですか？」

「それもまだ。テルちん家のほうが先かな。でもウチは問題ないよ。ウチの親はわたしが誰を連れてきても何も言わない。ミュージシャン志望でも役者志望でもだいじょうぶ。なのにテルちんなんだから、反対なんてするわけない。と、わたしが何度もそう言ってんのに、テルちん、今からもう全力で緊張してんの。ほんとにだいじょうぶかなぁ、とか、逆にミュージシャン志望とか役者志望とかのほうが評価されるんじゃないかなぁ、とか」

わかる。木村輝伸さんなら言いそうだ。

と言えるくらいには僕も木村輝伸さんのことを知っている。ここで何度か出くわしたことがあるのだ。

ジャスミン茶をなおゴクゴク飲んで、言う。

「あぁ。でもよかったですよ」

「何が？」

「お二人がそうなられてて」

「何、ほんとに別れたと思ってたわけ？」

「そうではないですけど。木村さんが帰国されたら片岡さんがすぐに転居なさるだろうと思ってはいたので。そうなってないから、ちょっと不安でした。でもそうですよね。片岡さんと木村さんが、おかしなことになるわけないですよ」

「おぉ。郵便屋さん、根拠がない。でもそう言ってもらえてうれしい。言葉に重みがある。やっぱり郵便屋さんはちがうね」

「みんなそうですよ。誰だって、知ってる人の幸せは願うんじゃないですかね」

「はい、来た。今年の一言。誰だって、知ってる人の幸せは願う。好きな人の、じゃなくて、知ってる人のってとこがいいよね。包容力がある感じがする。郵便屋さんぽい感じがする」

「いや、片岡さんだって、願いますよね？」

「知ってる人全員は無理かな。わたしはそんなに心が広くないよ」

「僕にも包容力なんてないですよ」

「ないわけないじゃない。郵便屋さんになかったら誰にあんのよ」

「たいていの人にありますよ」

「出た。ある人にしか言えないセリフ。自分にあるから人にもあると思ってる人のセリフ。さすが殿堂入りポストマン。郵便屋さんさ、もう、殿堂から出られないよ」

殿堂から出られない。その言葉もいい。殿堂から出たがっている感じがいい。

「永久殿堂とか、前にも言ってたね」

「言ってましたね」

「あれ、去年だった？」

「その前だったような」

「そっかぁ。わたしたち、何か、ずっとしょうもないこと言ってるね。いや、わたしたちじゃなく、わたし、か」

「しょうもなくないですよ」

「いや、しょうもないでしょ」

「いやいや、しょうもなくないです。僕は春行の弟だから、しょうもなく見えることが実はちっともしょうもなくないことを知ってますよ。弟が言うのも何ですけど、そうでなかったら、たぶん、春行はこんなに長くテレビに出られてないです。しょうもないことは、しょうもなくないですよ。だって、楽しいですもん。しょうもないことを言う春行と話したり、片岡さんと話したりするのは」

「お、すごい。わたし、春行と並べられた」

「楽しいって、大事ですよ。人はやっぱり楽しいことをしたいですし、楽しい人と話をしたいです」

「まあ、それはそうだよね。だからわたしもこうやって郵便屋さんと話してるし」

「僕は片岡さんと春行みたいに楽しくはできませんけど」

「いや、郵便屋さんにはさ、春行とはまたちがう楽しさがあるよ。郵便屋さんもタレントになってたら結構いけてたかも。春行と路線はちがうだろうけど」

「僕は無理ですよ。続かないです」

「郵便屋さん自身にそっちへの興味がないもんね」

「うーん」

「あるの?」

「うーん」

「ほら」と片岡泉さんが笑う。

僕も笑う。

やはり楽しいのだ、この人は。片岡泉さんこそ、タレントになったら成功していたかもしれない。

「郵便屋さんはさ、カノジョさんとどう?」

「まあ、順調ですよ。僕にはロンドンへの異動もないですし」

「でもカノジョが翻訳家さんなんだよね?」

「はい」

「そのカノジョがロンドンに行っちゃったりして」

「あぁ。それはちょっと」

「ちょっと、何？」

「困りますね」

「困るんだ？」

「困りますよ」

「そういうことを、カノジョさんに言ってる？」

「言ってないですけど。留学したいとか、そういうのは聞いたことがないので」

「ちゃんと言っといたほうがいいよ。日ごろから」

「ロンドンに行かないでねって、ですか？」

「そう」

「本人が行きたいと言っていないのに僕が言うのは、変じゃないですか？」

「変じゃない。言われたら、カノジョさんはうれしいよ。自分が行きたいと言ってから言われるのもうれしいだろうけど、行きたいと言ってないのに言われたら、もっとうれしい」

「わけわかんないよって、なりませんか？」

「なる。でもうれしい。カノジョさんがうれしかったら、郵便屋さんもうれしいでしょ?」

「それは、まあ、うれしいですね」

「だけど逆に郵便屋さんも一緒にロンドンに行っちゃうっていうのもありかもね」

「僕が行って、何をするんですか?」

「もちろん、郵便配達」

「できませんよ。英語が話せないし」

「郵便屋さんなら、話せなくてもできそう。受けとる側もわかるよ、何言ってるかわかんないけどこの人はだいじょうぶだって。何なら、ロンドンのダーリンにだってなれるかも」

「なれないですよ。まず、英語が話せない時点で採用されないでしょうし」

「いや、そこもされちゃうんじゃないかな。郵便屋さんなら。ダーリン枠で」

「ダーリン枠って」

「みつばのダーリンからロンドンのダーリンになって、最後は世界のダーリンになる。春行を超える」

「いいですよ、超えなくて」

「まあ、ロンドンに行かれたら困るから、わたしもそれはいいんだけどさ。でもほんと、わたしとテルちゃんが引っ越したら、郵便屋さんがその町に異動してきてくれればいいのに。そしたらそこでもまたジャスミン茶を冷やしとくよ。冷凍庫に入れとく」

「それはうれしいですけど。東京だと、ちょっと難しいですね。僕が東京の局に行くことはないので」

「じゃあ、郵便屋さんがどっかに異動するのを待って、その町にテルちんと引っ越そうかな」

「それもすごいですね。ある特定の郵便屋がその町にいるからという理由で引っ越し先を決めた人は、これまで一人もいないんじゃないですかね」

「ほんとにそうしたら、日本初どころか世界初かもね」

「いや、でも。案外いるのかも。人には、他人は想像もできないような事情があったりもしますから」

「他人には絶対に理解されないような趣味を持つ人とかもいるもんね」

「はい」

「いつか郵便屋さんが、それこそ何らかの事情でわたしたちの町に来ますようにと願うくらいにしておくか」

「それだけで充分うれしいですよ、僕は」

「わたしも、そう考えるだけで充分楽しい」

「いやぁ。本当にしょうもないことを話しましたね」

「確かに。でもやっぱり楽しいね」

「楽しいです」

ジャスミン茶をそれぞれに飲む。

僕はもうペットボトルの半分を飲んでしまっているが、それでもまだおいしい。まだ冷たい。さすが冷凍庫。

「あ、そういえば、さっき」

「何?」

「テルちんは緑茶のほうが好きだったとおっしゃってましたよね」

「うん。おっしゃった」

「過去形だから、ちょっとあせったんですよ」

「別れたと思って?」

「はい」

「あれ、今はジャスミン茶のほうが好きって意味。だから過去形。わたしが強引に慣れさせたの」

「強引に、ですか」

「そう。テルちんは、わりとすんなりひっくり返ってくれんの。たいていのことはスパッと切り替えられる。よく言えば柔軟、悪く言えばこだわりがない」

「悪く言う必要はないんじゃないですかね」

「ん？」

「その柔軟さはいいですよ。それは長所以外の何物でもないと思います。そういう柔軟さが実は強さなんですよ、きっと」

「お、それもいい。その柔軟さは強さ。テルちんにも言っとくね。郵便屋さんがそう言ってたって」そして片岡泉さんは右手で前髪をふわっとかき上げて言う。「あ、そうだ。ねぇ、郵便屋さん」

「はい」

「みつばにカフェができたの、知ってる？」

「知ってますよ」

「どこ？」

「市役所通りです。中央公園の先、ですね。美容室なんかがあるとこ。パン屋さんの隣です」

「あぁ。あそこなんだ」

「はい。カフェ『ノヴェレッテ』」

「配達してんの？」

「してます。このあとも行きますよ」

「おしゃれな店？」

「だと思います。たぶんですけど、女性は好きなんじゃないでしょうか」

「今度ね、テルちんが来たら一緒に行こうと思ってんの。テルちん、コーヒーが好きだから。ロンドンでも、紅茶じゃなくコーヒーばっかり飲んでたみたい。そこはそう柔軟でもないの」

「柔軟にする必要がないですよ」

「でも人といるときは紅茶飲んでたみたい。一人のときはコーヒー」

「だったら柔軟じゃないですか」

「まあ、そうか。紅茶はともかく、コーヒーは日本のカフェのほうが数倍うまいって言ってた。で、もう一回いい？」

「はい？」

「カフェの名前」

「あぁ。『ノヴェレッテ』です。カフェ『ノヴェレッテ』」

「ノヴェレッテ。パン屋さんの隣ね？」

「はい」

「行ってみよ。楽しみ。あまりにもいい店すぎて、みつばから離れたくなくなったらどうしよう。テルちんとこっちで部屋借りようかな。駅前のムーンタワーみつばとか。無理か。タワーマンションなんて」

「商社にお勤めの木村さんならいけるんじゃないですか？」

「お給料は安いけど、一応、わたしも働いてるしね。二人で一生懸命働いて、ゼーゼー言いながらどうにか毎月の家賃を払うっていうのもありかもね。でもあのマンションに、わたしと郵便屋さんがお茶を飲めるこんな場所があるかなぁ」

「なさそうですね」

「ああいうとこはセキュリティがしっかりしてそうだもんね。逆に、こんなふうにたむろさせたくないわけだから」

「これ、たむろしてることになるんですかね」

「人によってはそう見たり、しないか。一人は郵便屋さんだし、歳も高校生たちよりひとまわり上だもんね」

「そうですね」

「と、今自分で言って思った。そうなのよね。気づいたら、高校生たちよりひとまわり上になってんの。もうキャーキャー言えない。言ってるけど」

　その言葉にやはり笑い、最後の一口のつもりでジャスミン茶を飲む。

　片岡泉さんにはこの先もキャーキャー言ってほしいな、と思う。三十代になっても、四十代になっても。何なら、五十代六十代になっても。


一夜明けてもなお暑い。

でも昨日よりはちょっといいのか？　いや、やっぱり暑いか。

暑、暑、暑、暑。

と結局は言いながら、四葉を配達する。

みつばにくらべれば木陰が多いが、配達コースのすべてがそうではないから、暑いことは暑い。

バイクに乗れば風ができていくらか涼しいのは初夏までの話。真夏だともうそんなことはない。走ったところでただ熱い風ができるだけ。その風をもわんと吹きつけられるだけ。

昨日はみつばからイレギュラーに訪ねたが、今日はレギュラー訪問。配達コースどおり。もし不在なら最後にまた寄ってみるつもりで、フォーリーフ四葉へ向かう。

建物のわきにバイクを駐め、降りる。在宅なら多少は会話をすることになるので、初めからヘルメットはとる。キャリーボックスに入れ、カギをかける。

増田佳世子様宛の封書を手に、階段を静かに駆け上る。通路をやはり静かに歩き、三〇一号室の前へ。

今日は土曜、どうかいてください、と念じつつ、ドアのわきにあるインタホンのボタンを押す。

ウィンウォーン。

「こんにちは～。郵便局で～す」

反応はない。

土曜だとしても無理はない。あの国分優樹さんのように、土日は仕事という人も結構いる。土日が休みだとしても、休みの日はいつも出かける、という人も結構いる。

でも二間だからワンルームのアパートよりは反応が遅いこともある。と昨日と同じことも思い、さらに待つ。

念のため、もう一度。

とボタンに手を伸ばしたところでこれが来る。

「はい」

女声。

ここでは語尾を伸ばさずに言う。

「こんにちは。郵便局です」早口で続ける。「ちょっとお渡ししたいものがありまして」

「は〜い」

ただの配達、書留か何かだと思われたな。と思ったら、そのとおり。数秒後にドアを開けてくれた女性の手には印鑑が握られている。

三十代半ばぐらい。髪を後ろで結んだ人だ。ポニーテール、というほど結び目の位置は高くない。

「こんにちは」とあらためて言う。「突然すいません。今日は通常の配達ではなくてですね、ちょっと見ていただきたいものがありまして」

「はぁ」

みつばの路上で拾った封書を見せる。僕が持ったまま、宛名の部分を。

ここは言うべきだと思い、小声で言う。

「増田様、でいらっしゃいますよね？」

「はい」

「ご住所も、合ってますよね？」

「合ってます」

「これを昨日、みつばで拾ったんですよ。だからまちがいなく今日の配達物ではなくて、昨日かそれより前の配達物です。で、昨日もこちらに伺ったんですが、ご不在でしたので、今日また伺ってみようと」

　封書をまじまじと見て、増田佳世子さんは言う。

「これ、わたしが落としたやつです」

「あぁ。やっぱりそうでしたか」

「どこにありました？」

「みつばの、二丁目ですね。一丁目に近いほうの二丁目」

　増田佳世子さんがよくわからなそうな顔をしたので、説明を加える。

「みつば中央公園から住宅地に入って、小学校のほうに行った辺りです」

「はいはい。じゃあ、そうだ。その辺、歩きました。学校、ありました。あれ、小学校だったんですね」

「落とされた、んですか」

「はい。でもまったく気づきませんでした。電話がかかってきたときだったのかな。バッグからスマホを出して急いで出たんですよね。そのときかもしれません。すぐじゃなくても、落ちかかってて、話してるうちに落ちたとか。電話、結構話しこんじゃったんで」

「そうですか」

「でもすごい！　郵便屋さんが拾ったんですか？」

「はい」

「郵便物を」

「はい。ちょうど配達中でしたので。一応、家がある通りはすべてまわりますし」

「そうか。そうですよね」

「拾ってみたら、宛先の住所が四葉で。配達物というよりは落としものだろうと思いまして」

「まさにそれです。落としものです。で、それを届けてくださったんですか」

「はい。この辺りは僕自身が配達することもありますので」

「よかったぁ〜」と増田佳世子さんが言う。語尾はまさに長く伸びる。「ずっと気持ち悪かったんですよ。思いっきり個人情報が出てますし。別に大したものが入ってるわけではないんですけど、それでも封を開けられたりしたらいやだなぁって」

「わかります。ご不安になりますよね」

「絶対に戻ってこないと思ってました。普通思いますよね。逆にお財布とかのほうがまだ戻ってきそうですよ。それなら交番に届けてくださるかたもいそうだから。これは、届けないですもんね。ごみと判断されるだけで、郵便ポストに入れてもらえることもないでしょうし。だからほんと、まさかです」

「お渡しできて、僕もよかったです。ただ郵便受けに入れられたらそれも気持ち悪いでしょうから、一応、ご説明させていただきました」

「ありがとうございます。言っちゃうとね、これ、なかに入ってるの、通販の払い込み用紙なんですよ」

「そうでしたか」

「郵便屋さんて、みつば郵便局の人ですか？」

「はい」

「そのみつば郵便局のＡＴＭで払い込みをしようと思ってたんですよね。だからバッグに入れてたの。ＡＴＭでお金を下ろしてそのまま払っちゃおうってことで。払い込み用紙も金額もいつもと同じはずだから、封も開けてなくて」

「あぁ。なるほど」

「実際、昨日郵便局に行ったんですよ。そしたら、ないの、これが。え～っと思っちゃって。その前に行ってたカフェと公園には戻ってみたんですよ。でもカフェでお店の人に訊いたら忘れものはありませんでしたって言うし。公園で座ったベンチのとこにも行ってみたんですけど、やっぱりないし。すごく後悔しましたよ、何で先に払い込みをしなかったのかって」

「先に」

「ええ。しようとはしたんですよ。先に郵便局に行きはしたの。そしたらＡＴＭの前に結構な列ができてて。どうせまた通るから帰りでもいいやと。払い込みってちょっと時間もかかるから、自分の後ろに列ができるのもいやだなと思って」

「混んでてすいません」と、ここは郵便局の人間として謝る。

「いえ、そんな。わたしの我慢が足りなかっただけです。でもそうかぁ。あの電話のときだったかぁ。勤務先がそっちの沿線にあるんで、わたし、電車はいつも四葉駅から乗るんですよ。だからみつばにはそんなに行かないんですよね。たま～に駅前のスーパーで買物をするくらいで。昨日は、せっかく行ったから、公園とその周りを歩いてみたんですよ」

「あぁ。それで」

「ただ、やっぱり知らないとこだから、どこをどう歩いたかは自分でもよくわからなくて」

「住宅地ですもんね。通りごとに風景が大きく変わるわけでもないですし」

「そうそう。それに、ほら、みつば駅に行くバスに乗るまでのあいだに四葉で落としたのかもしれないし。でもよかった。こんな形で戻ってくるなんて、本当に奇蹟ですよ」

「いえ、それほどのものでは」

「だってわたし、何もしてないんですよ。なのにこうやって、家に届けてもらえたんですよ」

「まあ、郵便物なので、ご住所は書かれてますし」

「だとしても、こんなことないですよ。落ちてた郵便物を、たまたま郵便屋さんが拾いませんよ」

「見慣れてるので目がいっただけかと」

「でも普通、届けてはくれませんよ」

「いえ、それも、配達員ならお届けするかと。自分が担当してない場所のものでもあとで担当者に渡すことはできますし。自分たちの配達管内ではありましたから」

「うーん。郵便屋さんから見ればそうなのかもしれませんけど、わたしから見ればやっぱり奇蹟ですよ。小さいことだけど、奇蹟は奇蹟。何にしても、ありがとうございます」

「いえいえ」

「このこと、ブログとかに書いちゃってもいいですか？」

「それは、僕がいいとかダメとか言えることではありませんので、増田さんがご自由に」

「みつば郵便局とかそういうことまでは書きませんから。わたしも自分がどの辺に住んでるかは書いてないので。それで住所を特定されちゃったらいやだし」

「最近、こわいですもんね」

「こわいです。マンションのベランダから外の風景を撮った写真を載せただけで住所を突きとめられちゃうって、すごいですよ。だからそのあたりは気をつけてます」

「気をつけるべきなんでしょうね。えーと、ではまちがいなくご本人ということで、これ、お渡しします」

そう言って、封書を渡す。

「はい。確かに。ありがとうございます」

配達、というかお届け、完了。

「郵便屋さん、みつばの配達もなさってるなら、カフェができたのも知ってますよね?」

「はい。カフェ『ノヴェレッテ』ですよね」

「それです。わたしね、昨日、そこに行ってきたんですよ。みつばに初めてカフェができたと聞いて。四葉にもカフェはないから、そっちにできたんなら行ってみようということで。ブログにもちょくちょく書いてるんですよ。カフェめぐりが趣味だから」

「そうなんですね」

「昨日はたまってた有休をとって。払い込みも兼ねて行ってこようと。で、こんなことになっちゃうわけですけど。さすがに郵便屋さんは、カフェには行かないですよね？　配達するだけですよね？」

「そう、ですね」

「すごくいいお店でしたよ。これなら四葉から通ってもいいかと思いました。ケーキもおいしかったし、コーヒーもおいしかった。ストレートコーヒーを置いてくれてるのもよかったです。カフェでもそういうお店はそんなに多くないから」

「ストレートコーヒーってあれですよね。モカとか、キリマンジャロとか」

「そう。グァテマラとかブルーマウンテンとか」

「あぁ。ブルーマウンテン。段ちがいに高いですよね？　飲んだことないです」

「わたしは何度かありますけど。ちがいはよくわからないかな。ただおいしいと思うだけ。同時にほかのも飲まされて、どれがブルーマウンテンか当てろって言われたら、正直、無理かも」

「僕も無理だと思います。わかるのは、普通の緑茶とジャスミン茶と梅こぶ茶のちがいぐらいです」

「それは確かにわかる。それがわからなかったらマズいですよね。あ、そうだ。ちょっと待ってて」

　そう言うと、増田佳世子さんは一度ドアを閉める。二十秒ほどして、またドアを開ける。そして手にしていたものを僕に差しだす。長方形の小さな紙だ。

「よかったらこれどうぞ。あのお店、カフェ『ノヴェレッテ』の割引券です。昨日くれました。コーヒー一杯二割引きになるみたい。ストレートコーヒーでも、アイスオレとかそういうのでも」

「いいんですか？　頂いても」

「どうぞ。届けてくださったことへのお礼です」

「でも増田さんが今後も行かれるなら、ご自身でつかわれたほうが」

「いいですよ、このぐらい。次もちゃんと払います。それだけおいしいコーヒーだったし。お礼に割引券て、ちょっと恥ずかしいですけど、もし行かれるならつかってください」

「では、遠慮なく頂きます」と受けとる。「ありがとうございます」

「こちらこそありがとうございました。通販の払い込み用紙をまた送ってもらうのはめんどくさいなぁ、と思ってたから、ほんと、たすかりました」

「ならよかったです。あ、そうだ。肝心なことを忘れてました。今日の郵便物はありませんので」

「わかりました。下のポストは見に行かないです。それもたすかります。こう暑いと、一階まで取りにいくのも億劫なので」

「あとついでにこれも。四葉の駅前にバー『ソーアン』というお店があるのをご存じですか？」

「あぁ。知ってます。ロックを流すバーだとか」

「はい。だからカフェではないんですけど。そこでも、ランチタイムにはおいしいコーヒーが飲めますよ」

「あ、そうなんですね」

「ロックを流すといっても、音は大きくないですし。特にランチタイムは、流してるのかわからないぐらいに抑えてます。アボカドバーガーもおいしいですよ」

「アボカド！　わたし大好き。覚えておきます」

「すいません。何か余計なことを」

「いえ。有意義な情報、ありがたいです。そちらも訪ねてブログに書くかもしれません。地元も地元。そこは盲点でした。さすが郵便屋さん。くわしいですね」

「たまたま知ってただけです」

「よかったらわたしのブログ、見てくださいよ。タイトルは、かよかよマヨマヨ、です。かよはひらがなで、マヨはカタカナ。さっきはああ言いましたけど、名前のかよだけは出してます。明かしちゃってます」

「マヨは、何ですか？」

「マヨネーズ。わたし、ブロガーであり、マヨラーでもあるんですよ。いけないいけない、太っちゃう太っちゃう、と思いつつ、いろんなものに付けちゃう。その『ソーアン』さんのアボカドバーガーに、マヨは付いてます？」

「マヨネーズは、付いてない、ですかね」

「頼んだら、付けてくれますかね」

「だいじょうぶだと思います。サンドウィッチも出すので、マヨネーズは置いてるでしょうから」

「でも、ほら、ウチはそういうのはやってません、ウチはウチの味でお出ししてます、みたいな店主さんもいらっしゃるので」

「だいじょうぶです」とそこは言いきってしまう。「マスターはとても気さくなかたですから。トマトは抜きでとか、そんな注文をなさるお客さんもいらっしゃるみたいですし」

「じゃあ、安心。本当に行ってみますよ」

「ぜひ。ではこれで失礼します」

「ご苦労さま」

一礼し、ドアが閉まるのを待って、歩きだす。次いで階段を静かに駆け下りる。

こうなると、さすがに足どりも軽い。暑くても軽い。

ヘルメットをかぶり、バイクに乗る。

足どりも気持ちも軽くなったことで、吹く風までもが涼しくなったように感じる。

なんてことはさすがにない。夏は甘くない。暑いものは暑い。

暑、暑、暑、暑、暑。

ものの五分で汗が出る。いや、五分もいらない。二分。

配達をしながら考える。

カフェ『ノヴェレッテ』の割引券。せっかく頂いたのだから、つかいたい。郵便配達員としては行けないが、休みの日にたまきと二人で行くのはありかもしれない。そう。セトッチと未佳さんみたいに。

でもその後。配達をすべて終え、四葉からみつばへ向かう陸橋を走っているときに、ふと思いつく。

いつものお茶のお礼に、片岡泉さんにあげるというのはどうだろう。

お茶にお茶などで返すのは変だし、お返しに金品を渡すわけにもいかない。配達人と受取人さんとして、それではやり過ぎになる。そこで、割引券。町に新しくできたカフェの割引券。それならちょうどいいかもしれない。

僕にしては悪くない思いつき。といくらか自賛しながら局に戻った。で、いつものように転送と還付の処理をすませて、定時。

区分棚の前には、例によって美郷さんと山浦さんがいた。定例鑑賞会だ。

おつかれを言い合ったあとで、冗談混じりに言う。

「美郷さん」

「ん？」

「疑ってごめん」

「は？」美郷さんは山浦さんのスマホから顔を上げて言う。「わたし、何を疑われたの？」

四葉を配達することが多い美郷さんと情報を共有するつもりで、昨日からのことを説明した。

フォーリーフ四葉に住む増田佳世子様宛の封書をみつばで拾ったこと。ほんの一瞬、美郷さんが落とした可能性もあるな、と思ったこと。

もちろん、その先も説明した。

昨日は不在だったので、今日再度増田佳世子さんを訪ねたこと。封書は無事渡せたこと。それはやはり落としものであったこと。増田佳世子さんにカフェ『ノヴェレッテ』の割引券をもらったこと。

「へぇ。そんなことあるんだね」と美郷さんが言う。「昨日、拾った時点でわたしに電話してくれればよかったのに。そしたら、増田さんが在宅かどうか教えてあげられたよ」

「でもそれだと手間をかけちゃうから」

「そのくらい、いいよ。平本くんがみつばから来るほうが手間じゃない」

「ぼくが平本くんなら昨日は行かなかったかもなぁ」と山浦さんが言う。「今日の配達は四葉だとわかってたわけでしょ？」

「そうですね」

「だったら昨日は行かなかったなぁ。ムチャクチャ暑かったし」

「それでも行っちゃうのが平本くんなんですよ」と美郷さんが言う。「たぶん不在だろうと思っても、行っちゃう。そういうのを無駄足とは思わない」

「いや、まったく思わないことはないよ」と返す。

「でもやれることはやったからこれでいいと、思うわけでしょ？」

「まあ、そうだね」

「そこがすごいんだよ、平本くんは」

「確かにすごい」と山浦さんも乗っかる。「もう若くないぼくはそこまではできない」

「僕も若くないですよ。もう三十だし。山浦さんだって、まだ三十六じゃないですか」

「いや、三十七になったよ。いよいよ四十が見えてきた。この一歳は大きいよ。三十六ならまだ三十代の感じはするけど、三十七だとアラフォーと言われだす。実際、家でひかりにもそう言われたし。ひかりが言うから、小波にまで言われたよ。パパアラフォー！　って」

「意味はわかってるんですか？　小波ちゃん」と美郷さん。

「わかってない。言ったあと、ひかりに訊いてたよ。説明を聞いてもわかんなかったっぽい」

「五歳児にアラフォーのアラウンドは難しいか」

「あ、そういえば、谷さんは？」と訊いてみる。

「上。休憩所」と美郷さんが答える。

「コーヒー飲んでるんじゃない？」

「そっか。じゃあ、僕も行ってみるかな。ということで。お先に」

「おつかれ」

ロッカールームで着替えをすませ、階段を上って休憩所に行く。

食事どきには食堂にもなる休憩所。まだ時間が早いのでご飯を食べている人はいないが、谷さんはいた。奥の四人掛けのテーブル席に一人で座っている。こんなとき、僕なら窓に背を向けて座るが、谷さんは逆。出入口に背を向けて座る。

自販機で微糖の缶コーヒーを買い、そのテーブル席へ。

「おつかれさまです」と言って、谷さんの向かいに座る。

「おつかれ」

谷さんはよくこうして一人で休憩所に寄る。缶コーヒーを一本飲んでから帰るのだ。たまには僕を誘うこともある。でもカノジョの美郷さんは誘わない。付き合っていることを公にしてはいないからだ。ただし、僕も交えて三人で、ということはある。

谷さんが飲んでいるのは、僕と同じ微糖の缶コーヒー。銘柄まで同じ。二人でいると、おそろいみたいでちょっと恥ずかしいが、谷さんも僕もそこは変えない。

「今日も暑かったな」と谷さんが言い、

「ですね」と僕が言う。

「水飲んだら汗かくし、飲まなかったら死ぬし。わけわかんねえよ」

「はい」

話すのは毎回この程度。時間も十分ぐらい。本当に缶コーヒーを一本飲むだけだ。でも谷さんとこうしてここにいるのは案外心地いい。一日の仕事が終わったのだな、と感じる。谷さんは飲み終わったら先に帰ってしまうから、こちらも変に気をつかう必要がない。

一匹狼だとかつて小松課長が谷さんを評したことがあるが、まさにそのとおり。谷さんは群れない。が、いい狼だ。単に外ヅラが悪いだけ。そう。普通と逆。たいていの人は外ヅラがいいものだが、谷さんは外ヅラが悪い。

今、三十五歳。その年齢にして、みつば局は五局め。今年三十一歳の僕がまだ二局めだから、それはやはり多い。

小松課長に聞いた話だが。異動する先々で何かしら問題を起こしていたらしい。業務関係でではなく、局内での対人関係で。受取人さんともめるのではなく、局員ともめるのだ。

前にこの局にいた木下大輔《きのしただいすけ》さんとも、よその局でもめたことがある。木下さんが谷さんを殴ったのだ。といっても、原因をつくったのは先輩の谷さん。まだ入局一ヵ月ぐらいの木下さんに、遅ぇなぁ、と言ったらしい。

その結果、奮起した木下さんは超絶配達人になった。配達が、凄まじく速いのだ。大げさでなくワールドクラス。配達のワールドカップがあったら、たぶん、カップを持ち帰ってくる。そう思えるレベル。

これも小松課長に聞いた。谷さんは小学生のときに親御さんと死別して相当苦労した。妹の秋乃《あきの》さんと二人で親戚じゅうをたらいまわしされ、最後には引き離された。

だから高校を出るとすぐに郵便配達員になったのだ。そしてまだ高校に入学したばかりの秋乃さんと二人で暮らしはじめた。

その秋乃さんが、去年、結婚した。北垣《きたがき》姓になり、家を出て、ダンナさんと暮らすようになった。

結婚式と披露宴には、谷さんのカノジョである美郷さんも出た。とてもいい式と披露宴だったという。谷さんは泣かなかったが、美郷さんが泣いたそうだ。

考えてみれば、こんなふうに谷さんとここで缶コーヒーを飲むのは、秋乃さんが結婚してからは初めて。

一人になったから誘うのだ、と思われるのがいやだったのかもしれない。それまでも誘っていたのだからそのままでいいのに、誘わなくなってしまう。そのあたりが不器用な谷さんぽい。一匹狼っぽい。

谷さんが缶コーヒーを飲み終えてしまいそうなので、僕は自分から言う。

「どうですか？　一人暮らしは」

あ？　何だそれ。

などと言うかと思ったが。

すんなり返ってきた言葉はこう。

「何か、さびしいな」

谷さん、素直。

エレジー

毎年、夏がいつ終わったのかはよくわからない。

秋が始まるとされるのは立秋だから、暦の上ではその前まで。立秋は年によって変わるが、だいたい八月七日、八日あたりになるらしい。つまり、現実感はない。八月七日に、はい、今日から秋ですよ、と言われても、誰も納得しない。むしろ暑さはそのころがピーク。立秋からは、一応、残暑ということになるが、そこからが長い。残りものに福はなし、と言いたくなる。

九月でもまだ連日三十度を超える年もある。一度涼しくなり、あぁ、これでやっと終わりか、と安心しているとまた暑さがぶり返したりする。ぶり返し、ではすまない感じで襲ってくることもある。気が抜けない。

が。だから気が抜けないんだよ、と警戒しているうちに、段々と夕方以降は涼しくなり、虫の鳴き方も変わってくる。雨を挟んだりして、徐々に昼間も涼しくなる。いつの間にか、僕自身、暑、暑、暑、暑、を言わなくなる。気がついたらそうなっている。

あとになれば、あれ、夏はいつ終わったんだ？　と思うが、思うだけ。いつ終わったのか、さかのぼって考えたりはしない。

だから、まあ。

風が気持ちいいなぁ、と感じたら秋。

今年は九月下旬にそう感じた。さすがにもうぶり返しはないだろうと思えた。

そこから十月の第二週あたりまでが、僕が一年で一番好きな時季だ。自分の名前にも入っている、秋。

毎年四月にも、一年が終わってまた新しい一年が始まるのだな、と思う。年度がそうなっているから、一月より四月のほうがその感じは強い。

秋にも、似た感じは少しある。何かが切り替わるわけではないが、今年もこの時季になったのだと思うことで、一年が過ぎたのを感じる。十月一日にもちょこちょこ人事異動があったりするから、なお。四月一日に小松課長が言っていた僕らの十月異動はなかったが。

で、あらためて思う。

一つの局に七年半もいると、本当にいろいろなことが変わる。

まず、局の同僚が変わる。人が入れ替わるという意味でも変わるし、いる人が歳をとるという意味でも変わる。

もっと広いところでは、町の住人も変わる。やはり人が入れ替わりもするし、いる人が歳をとりもする。

なかでも、子どもたちが目に見えて大きくなる。

配達区には小学校も中学校も高校もあるので、よくわかる。子どもだと思っていた子が、次見たときにはもう少年という感じになっていたりする。

例えば小学校だと。僕がみつば局に来たときに入学した子はもう卒業してしまっている。今は中二だ。人によってはそろそろ高校受験のことを意識したりもしているだろう。春行や僕はその時期にはまだしていなかったが、最近の子たちならしていてもおかしくない。

今日の担当は四葉。夏休み期間はアルバイトの五味くんがフルで出てくれたからみつばをまかせられたが、大学が始まった今はまた通常モード。僕が四葉を持つのは週一ぐらい。

夏とは打って変わって心地いい秋の風を全身に受けながら快調に配達し、四葉小学校にたどり着く。今年度から梶原《かじわら》伊吹《いぶき》さんという女性校長に代わった四葉小だ。

いつものように校門から入り、アスファルトと土の境のところにバイクを駐める。

そして校庭側にまわり、校舎沿いに走る。

この走りは、結構なハイペース。ヘルメットを片手で頭の上から押さえなければいけないレベル。だったら初めからヘルメットをとればいいのだが、それはできない。できないからこそ、走っているので。

つまり、走るのは、児童たちに声をかけられないようにするため。春行似に気づかれて集まってこられたりしないようにするためなのだ。

職員室の窓を、指の第二関節でコンコンと叩く。そうすると、誰かしら気づいた先生が窓を開け、郵便物を受けとってくれる。書留があれば、印鑑も捺してくれる。そんな仕組になっている。

栗田友代先生と青野幸子先生に続き、最近よく受けとってくれるのは、窓から席が近い矢沢知恵里《やざわちえり》先生だ。歳は三十代半ば。栗田先生よりは下で、青野先生よりは上ぐらい。

今日もその矢沢先生が窓を開けてくれる。

「こんにちは。郵便です」

「ご苦労さま」

「今日はご印鑑、よろしいですか?」

「はい。ちょっと待ってね」と言ったあとに、矢沢先生は続ける。「あ、郵便屋さん、お時間あります?」

「はい。何でしょう」

「お茶、飲んでいってください」

「え？　あぁ」

予想外。ちょっとあせる。時間はあると言ってしまったので、ここからの遠慮もしづらい。青野先生のときは飲んでいたから、その意味でも、しづらい。

「えーと、いいんですか？」

「ぜひ」

ということで、お茶を頂くことになった。

栗田先生と青野先生で終わりだろうと思ったら、まさかの三代連続。梶原校長や教育委員会などから何か指示でも出ているのか。小学校と郵便局の関係を密にせよ、とか。

外にサンダルがいくつか置かれている掃き出し窓からなかに入る。

こんなときの常で、そうとはわからないように自分のくつ下を確認。何を？　穴があいていないかを。

セーフ。

矢沢先生が出してくれたスリッパを履き、応接セットのソファに座る。そんなにやわらかくはない布製のソファだ。これは栗田先生時代から変わっていない。少々、というかだいぶくたびれてきた感じもある。

まずは矢沢先生に捺印してもらう。

そのあとに一人で端末への入力をすませる。

お茶を入れて戻ってくると、矢沢先生は僕の向かいに座る。

今日の郵便物を渡す。

「一番上が書留ですので」

「ありがとうございます。お茶、どうぞ」

「すいません。いただきます」

頂く。

熱いが、熱すぎない。おいしい。

「玄米茶、ですか」

「はい。たまたまその袋が開いてたので。おきらいではないですよね？」

「好きです。玄米茶は久しぶりだなと思いまして。おいしいです」

「前々からね、いつか郵便屋さんにお茶をお出ししようと思ってたんですよ」

「あぁ。何か、すいません」

「いえいえ。わたし自身、お出ししたかったの。でもなかなかいい時間がなくて」

それはそうだろう。普通、先生には授業がある。科目ごとに分かれた中学校や高校の先生なら少しは空き時間があるのかもしれないが、小学校の先生はクラスのほぼすべての授業を見る。

「今は、だいじょうぶなんですか?」と訊いてみる。

「はい。音楽専門の先生が授業を見てくれてます。ちょうど郵便屋さんが来られたので、チャンス! と思いました」そして矢沢先生は言う。「青野先生が今お休みされてるのは知ってます?」

「えーと、育休をとられてるとか。局の筒井から聞きました。今年の四月から、ですよね?」

「そう。それでね、青野先生からちゃんと引き継ぎも受けてたんですよ」

「引き継ぎ、ですか」

「はい。郵便屋さんはだいたいこのくらいの時間に来ますからって」

「あぁ」

何だか恥ずかしい。まるでお茶狙いの郵便屋だ。

「あとはこれ。郵便屋さんは緑茶もほうじ茶も好き。青野先生提供の梅こぶ茶も好き」

「そこまで引き継がれてましたか」

「お茶を本当においしそうに飲んでくれるから入れ甲斐がありますよ、とも言われてます。玄米茶もお好きでよかったです。わたしもやっと入れられました。半年もかかっちゃってすいません」

「いえ、そんな。普通、こんなふうにしていただけることはありませんから」

本当にそうだ。普通、郵便屋は職員室でお茶を飲まない。

「前々から思ってましたけど」

「はい」

「ほんと、似てますよね、お兄さんに」

「そうですか?」

「ええ。そっくり。でも、確かに、双子ではない」

「はい。年子なので」

「らしいですね。それも青野先生に聞きました。双子はもっと似るんですよね。この学校にも双子の子はいるので、わかります。もし同じクラスだったら、担任でも見分けはつかないかも」

「やっぱり、同じクラスにはならないんですか?」

「そうならないようにしますね。しちゃいけないという決まりはないですけど。学年一クラスという学校もありますし」

「そうか。そうですよね」

「わたし、春行さん、好きですよ」

「僕が言うのも何ですけど、ありがとうございます」

「『ダメデカ』も見てましたし」

「ほんとですか？」

「ほんとです」

「あれを小学校の先生が見てしまって、だいじょうぶですか？」

「だいじょうぶですよ」と矢沢先生は笑顔で言う。

本当に、だいじょうぶだろうか。

『ダメデカ』は、一昨年放送されたテレビドラマだ。視聴率がそこまで高かったわけではないらしいが、何でもありのコメディとして評判はよかった。僕も全話見た。大いにバカバカしく、とてもおもしろかった。

タイトルそのままの刑事もの。その刑事がとことんダメなのだ。地道な捜査もしないし、熱い捜査もしない。まず、ほとんど事件を解決しない。回によっては、事件現場にたどり着きさえしない。なのに現職の総理大臣を誤認逮捕したりもするのだ。百波も最終回にゲスト出演した。春行との同棲を内輪ネタとしていじられていた。いじったのは春行自身だが。

「あれはすごくおもしろかったです。あとのほうの回は、録画して見ましたよ。今度、映画もやるんですか？」

「そうみたいですね。来年公開だとか」

「観に行っちゃうかもしれません。夫も好きなんで」

「あぁ。それもありがとうございます」

訊いたらマズいかなぁ、と思いつつ、訊いてしまう。

「先生のご主人も、先生でいらっしゃいますか？　青野先生みたいに」

「いえ、ウチはちがいます。会社員ですよ。先生とは程遠い感じです。小売関係だから土日が休みじゃなくて。逆にたすかってますよ。休みの日に子どもの面倒を見てもらえるんで」

「あぁ。そうですか」

「青野先生は先生同士だから、お子さんが生まれたら大変でしょうね。平日はお互い手が空かないはずだし。まあ、ダンナさんの親御さんが近くにいらっしゃるみたいですけど。子どもは手がかかりますからね。ウチもまだ四歳なんで、保育園の延長保育を利用したりで、どうにかやってますよ。日々やりくりしてる感じです」

「そんななか、『ダメデカ』を見ていただいて、本当にありがとうございます」

「ああいうのがいい息抜きになるんですよ。いえ、ああいうの、は失礼ですね。ごめんなさい。でも、楽しませてもらってますよ。子どもを寝かしつけたあとに夫と二人で録画したのを見る。ほっとします。で、ゲラゲラ笑ったりして。それで子どもが起きちゃったりもして。失礼ですけど、郵便屋さんは、お子さんは？」

「いないです。結婚もしてないので」

「あら、そうですか」

「はい。このところ、周りのあちこちで子どもが生まれたりはしてますけど」

「あぁ。段々そうなりますよね」

「同僚とか友人とかの子を見ると、かわいいなぁ、と思いますよ。赤ちゃん。やられます」

「赤ちゃんは、確かにねぇ。わたしも思いますよ。あの赤ちゃん時代を見ちゃってるから、子どもが何歳になっても親は親でいられるんだろうなぁって。やっぱりね、忘れないですもん。そのころの顔を」

「そう、でしょうね」

「だから、教師としても、保護者の気持ちがちょっとわかるようになりましたよ」

そうだろうなぁ、と思いつつ、玄米茶を飲む。

矢沢先生も飲む。

尋ねてみる。

「青野先生は、今年度いっぱいはお休みなんですよね？」

「そうですね。来年の三月まで。青野先生は偉いですよ。学期途中からじゃなく、育休をちゃんと四月からの一年にしましたから。本人はたまただと言ってましたけど。わたしは、途中から産休に入る形になっちゃいました。代わりの先生が来てくださるから問題はないんですけどね、途中でクラスを離れるのは、ちょっと気が引けます」

そこだけを見ても女性は大変だよなぁ、と思う。と男性が人ごとみたいに言ってちゃダメなんだろうなぁ、とも。

「そういえば、わたし、今井くんの担任ですよ」

「あぁ。貴哉くん」

「はい。これも青野先生から聞いてたんで、郵便屋さんのことを今井くんに訊いちゃいました。ちゃんとした人だと、今井くんは言ってましたよ」

「ちゃんとした人」

微妙だ。矢沢先生からの質問にどう答えるべきか。貴哉くんの苦悩と工夫が窺える。結果、無難なその答。微妙だが、うれしい。ウチの庭で休憩ばかりしてる人、でなくてよかった。

この貴哉くんこそ、まさに僕が、小学校の六年間を知っている子、だ。僕がみつば局三年めを迎えたときに、それまで住んでいた福岡から母親の容子《ようこ》さんとともに四葉に移り、四葉小に入学した。今は六年生。

貴哉くんが何年生のときも、僕は顔を合わせている。今井家の広い庭で何度も休憩をさせてもらい、何本も缶コーヒーを頂いている。そんなふうにして、貴哉くんの成長ぶりを見てきている。ただの郵便屋なのに。

「ちゃんとした人」と矢沢先生もくり返す。「よくわかりますよ。こうやってお話をさせてもらって、わたしも思いました。ちゃんとしてるなぁって。というそれもまた失礼ですけど。何でしょう。やっぱり春行さんのイメージで見てたのかな。特にあの『ダメデカ』の吉永秋光《よしながあきみつ》のイメージで」

「すごい。役名まで覚えてらっしゃるんですね」

「そりゃもう。二度三度と見ましたもん。四度めも見ますよ。今度は郵便屋さんの残像を重ねて見ます。そうしたら、ちゃんとした人に見えちゃったりして」

「それはそれで困りますね。作品がおもしろくなっちゃうかもしれません」

「だいじょうぶですよ。春行さんにはそれに負けないパワーがありますから」

「僕もそう思います。弟ながら」と言って、玄米茶を飲み干す。「ごちそうさまでした。本当においしかったです。ではそろそろ」

「いつも配達、ありがとうございます。これからもよろしくお願いします」

「こちらこそ、よろしくお願いします」

ソファから立ち上がり、掃き出し窓から外へ。

くつを履いてヘルメットをかぶり、最後にもう一度頭を下げて言う。

「失礼します」

で、ダッシュ。

飲んだばかりの玄米茶が胃のなかで、タプン、と揺れるのがわかる。

校庭で体育の授業を受けている子どもたちをチラッと見る。三年生ぐらい。だとすれば、僕がみつば局に来たころはまだみんな赤ちゃんだったのだな、と思う。

バイクのところへ戻り、シートに座ってエンジンをかける。午後の休憩を五分にするのはきついから、今の十分はランチ休憩から差し引くことにしようと決める。

四葉小を出て、配達を再開。

四葉クローバーライフ、蜜葉ビール、四葉自動車教習所、昭和ライジング工業、とまわり、四葉フォレストに差しかかる。

ここは、四葉にはあまり多くないワンルームのアパートだ。部屋は一階と二階に三つずつ。片岡泉さんが住むみつばのメゾンしおさいと似たような造り。フォレストは、森。これは英語が苦手な僕でも知っている。

駐車スペースにバイクを駐め、降りる。そして建物に向かう。

その建物は緑色だ。わりと濃い緑。たぶん、フォレストから来ている。その感じも、水色のメゾンしおさいと似ている。

ちょうど一〇一号室のドアが開き、なかから女性が出てくる。名前は知っている。柚木美澄《ゆずきみすみ》さんだ。姿は、初めて見た。

柚木美澄さんは玄関のドアにカギをかける。

「こんにちは」と自分から言う。「今日は郵便物はないです」

「そうですか。どうも」

僕は隣の一〇二号室の前に立つ。海藤安二《かいとうやすじ》様宛のＤＭハガキが一通あるのだ。それをドアポストに入れようとしたとき、柚木美澄さんに背後から言われる。

「あ、郵便屋さん」

「はい」と振り向く。

「いらっしゃらないですよ」

「はい？」

「お隣」

「あぁ。えーと、ご不在、ということですか？」

「そうじゃなくて」柚木美澄さんはためらいつつ、言う。「何ていうか、お亡くなりになったみたいで」

「え、そうなんですか？」

「はい。あの、わたしも別に親しかったわけじゃないんですけど、何日か前にそういうことがあって」

「そういうこと」

「はい。救急車はたぶん来てないんですけど。警察のかたたちが来られて。だから、確かだと思います。というか、確かです。そのとき、亡くなられたとはっきり言ってましたし」

「そう、ですか」

「わたしは部屋にいて、外がちょっとあわただしいなと思ってたんですよ。そのあとに、インタホンのチャイムが鳴らされて。それと関係したことだとは思わなかったので、出なかったんですよね。何かの勧誘とか、そういうのだと思ったから」

「あぁ。はい」

「チャイムは一回鳴らされて終わりで。でも外のあわただしさはそのあとも続いて。そこでやっと、ドアの覗き窓から見てみたんですよ。そしたら、制服のお巡りさんが二人いて。それから車が来て、お隣から、何か、運ばれていったみたいで。でもそれで終わりだと思ったら、次の日またちょっとあわただしくなって。またわたしの部屋のチャイムが鳴らされて。今度は出たんですよ。さすがにお隣で何かあったんだとわかったから」

「それは、わかりますよね」

「外にいたのはやっぱりお巡りさんで。でも交番の人とかじゃなく、ドラマなんかでよく見る鑑識の人みたいな服を着た人で。その人が言うんですよ。お隣のかたが亡くなられましてって。何時ごろだとか時間まで言ってたんですけど、いきなりだったから、わたしは聞き逃しちゃって。ただ、九月っていう言葉は耳に残ってたから、しばらくして、えっ？　と思って。訊いたんですよね。一ヵ月前ってことですか？　って。よくある孤独死みたいなことかとも思ったんで」

「そう、だったんですか？」

「いえ。それはその人の言いまちがいで。あ、十月ですって言い直してました。それは、その日の前々日なんですよ。だから今度は、亡くなってすぐにわかったんだって思ったんですけど」

「昨日の今日みたいな感じだったってことですか」

「そうですね。何か、お体の具合がよくなかったみたいです。それで、アパートの人全員に訊いてるからと、わたしもいくつか訊かれました。そのかたを知ってましたか？　とか、アパートで何かトラブルはなかったですか？　とか。ちょっと緊張しましたよ。下手なことは言えないなと思って。もちろん、知ってることなんて何もないんですけど」

　わかる。警察官と話すのは、やはり緊張するのだ。配達の際にみつば駅前交番の池上さんや南川さんと話す程度ならしないが、その手のことならする。僕も経験があるのだ。ここ四葉での峰崎隆由さんの空巣の件で。

あのときは、通報した翌日、生まれて初めて刑事さんと話をした。私服の刑事さんだ。僕には仕事があったので、局まで話を訊きに来てくれた。話自体は十分程度で終わり、ちょっと拍子抜けしたが、それでも緊張はした。下手なことは言えないな、と確かに思った。

「わたし、面識と言えるほどのものは本当にないんですけど、そのかたと言葉を交わしたことはあるんですよ。今、郵便屋さんとこうなったみたいに、出入りする夕イミングが重なって。正直、見ないことにしようかと思ったんですけど、そのかたが、やあ、こんばんは、と気軽に声をかけてくださって。それでわたしも、こんばんは、と。ただ、そういうときでも、はっきり顔を見たりはしませんよね。失礼のような気もしちゃうから」

「そうですね」

「そのうえ暗かったこともあって、お顔を覚えるまではいかなくて。それでも、六十代前半ぐらいですごく穏やかそうな人だっていう印象は残ったんですけど。実際、お隣がそういうかたでよかったと安心しましたし。それは警察の人にも言いました。逆にそのくらいしか言いようがないので。だから、確かは確かです。お隣のかたがお亡くなりになったのは」

「貴重な情報を、ありがとうございます」

「正直、言おうか言うまいか迷ったんですよ。でも、郵便を入れられたら、しばらくそのままになっちゃうだろうなって」

「そうなってたと思います」

今日来た郵便物は、セールを伝えるホームセンターのＤＭハガキ。入れてしまったとしても、たぶん、そう困りはしない。

が、だからいいという問題ではない。あの郵便物ならいい、この郵便物ならダメ、とはならない。

それは僕ら配達員が勝手に判断していいことではない。受取人さんがそこに居住していないとわかった以上、僕らはそこに配達してはいけないのだ。その郵便物は速やかに差出人さんに戻されなければならない。

「それに」と柚木美澄さんは言う。「今ここで自分が何も言わないのはどうかとも思っちゃったんですよね。その知らんぷりはいやだなって」

「わかります。僕もそう思うと思います。郵便配達員ではなかったとしても」

柚木美澄さんは黙って一〇二号室のドアを見る。五秒ほどして、口を開く。

「警察の人が言うには、ロッカータンスみたいなものが倒れてたらしいんですよ」

「倒れてた」

「はい。といっても、誰かと争ったとか部屋を荒らされたとかそういうことではなくて。倒れるときにそこにもたれたみたいです」

「あぁ」

「だから結構大きな音はしたはずだって言うんですけど。わたしは全然覚えがなくて。案外聞こえないんですよ、お隣の音。二階の人の足音はかなり大きいのに。その音に慣れちゃってるから気づかなかったのかも、と説明しました。お隣のかたはむしろ静かでしたと」

柚木美澄さんはなお一〇二号室のドアを見ている。

僕もつられて見る。この奥でそんな大変なことがあったのか、と思う。

「相当苦しかったでしょうね、ロッカータンスにもたれて倒れたんだとすれば」と柚木美澄さんは続ける。「言ってくれれば救急車ぐらい呼べたのにって思いますけど。苦しくて、そんな余裕もなかったのかな。声も出せなかったとか」

「そうかもしれないですね」

「まあ、推測ですけど」

「はい」そして僕は言う。「お話を聞けて、本当によかったです。お聞きしてなければ、このあともしばらく郵便物をお入れしてたはずなので」

まちがいなく、そうしていた。これが新聞なら何日かでドアポストがいっぱいになるからわかる。でも郵便物ではそうもいかない。ハガキや封書ならかなりの数が入ってしまう。

「でもいいのかな」

「はい?」

「わたし、何かベラベラしゃべっちゃいましたよね。細かいことまで」

「でもおかげで事情がわかりました。郵便物をお入れするべきではないと判断することもできました。だから僕は、勝手なことを言うようですけど、よかったです」

「わたしも、結果、話せてよかったです。別に誰かに話したいわけではないんですけど、ここ何日か、自分の胸のうちにとどめておくのも微妙に苦しくて。友だちにLINEで話すようなことではないし。何か、揺れてしまって」

何か、揺れてしまう。まさにそのとおりなのだと思う。たぶん、それが人の死ということなのだ。面識と言えるほどのものはなくても、すぐ近くにいて、一度は言葉を交わした人。その死。それは、揺れる。

「アパートの隣の部屋のかたが亡くなるなんて初めてだから、結構衝撃的で」と柚木美澄さんが言う。「まったく知らない人だったら、ちょっとこわかったと思うんですけど。何となくは知ってたから、こわさはまったくないんですよ。でも、自分がどうしたらいいかわからなくて。今も一日一度は手を合わせてますよ。お隣のほうに向かって。正座して。それくらいしか、できないんで」

「僕なんかが言うことではないですけど。充分、ではないでしょうか」

「わたしにそうされても、お隣のかたはきょとんとされるでしょうね」

「でもご遺族がおられるなら、そのかたがたはうれしいんじゃないですかね」

「伝わりようはないですけどね」

「それはそれでいいかと」

「そう、ですよね。じゃあ、えーと、とにかくそういうことなので。わたし、行きますね」

「はい。ありがとうございました。お出かけ前にすいません。たすかりました」

互いに頭を下げる。

柚木美澄さんは、駅があるほうへと去っていく。

僕はあらためてDMハガキの宛名、四葉フォレスト一〇二、海藤安二様、の文字を確認する。そしてそのハガキを郵便物の束の一番後ろにまわし、配達を続ける。

一〇三、沢谷唯馬《さわたにゆいま》様。階段を上って、二〇一、村口鈴乃《むらぐちすずの》様。

たまたま知ったこととはいえ、確実な情報。局に戻ったら小松課長に報告するつもりだ。同居するご家族などから得た情報ではないので、そこは一応、判断を仰ぐ。

たぶん、郵便物は今後配達されないことになる。本人以外に受けとる権利はないので。

階段を静かに駆け下り、バイクのところへ戻る。

ふと思いつき、郵便物の束をキャリーボックスの蓋の上に置く。ヘルメットをとり、それはバイクのシートに置く。そして再び一〇二号室の前へ。

周りに誰もいないことを確かめ、目を閉じて、手を合わせる。

僕はお会いしたことがない海藤安二さん。読みはたぶん、かいとうやすじ、だが。最後までご本人に確認はできなかったな、と思う。

亡くなられた翌日に周りの人たちがそのことを知ったのなら、よかった。いや、よかったなんて言ってはいけないが。すぐに知られないよりはよかった。一人住まいの六十代だとしても、誰かとのつながりはあった。まだどこかに勤めていたということなのかもしれない。

バイクに乗って、なお配達を続ける。

四葉に秋の風が吹く。午前中は涼しいと感じていたその風を、今は少し冷たいと感じる。

ふと自分の父母のことを思う。

父平本芳郎と母伊沢《いざわ》幹子。どちらもまだ五十代。健在だ。幸い、健康でもある。

が、先のことはわからない。二人は離婚した。今はそれぞれ独身。海藤安二さんに起きてしまったようなことが起きないとは限らない。

それでどうなるものでもないが、せめて電話をする回数ぐらいは増やすべきかもしれない。


ウィンウォーン、とインタホンのチャイムが鳴る。

今は鳴らす側ではない。鳴らされる側。

受話器をとって、言う。

「はい」

「こんばんは。スター女優とそのカレシです」

「ちょっと待って」

受話器を戻して、玄関へ。

サンダルに片足を入れ、カギを解いてドアを開ける。

外には春行と百波がいる。僕の兄とそのカノジョ。スタータレントとスター女優だ。何ならどちらも大スターと言ってもいい。

サンダルから足を抜き、木の床に戻る。

　二人が入ってきて、ドアが閉まる。

「秋宏くん、おつかれ」と百波。

「久しぶりだな。弟」と春行。

「あのさ」と僕。「もう合カギは持ってるんだから、勝手に入ってきてくれてもいいよ。毎回インタホンでやりとりするのはバカみたいだから」

　合カギは、去年僕がつくって春行に書留で送ったのだ。実家なのに春行はカギを持っていなかったから。

「バカみたいって言うなよ」とその春行が言う。「帰ってきた家に家族がいるなら、その家族にドアを開けてほしいだろ」

「そういうのは中学生ぐらいまででしょ」

「いや、逆に歳をとると戻るんだよ。おれ、今も百波にドアを開けてもらうもんな」

「そうなの？」と百波に訊く。

「そう。春行、帰ってくる直前に、わたしが家にいるかＬＩＮＥで確認したりする。で、いたら、インタホンを鳴らしてドアを開けさせんの。その手間は何なのよ」

「それは、いい手間だろ」

「自分にも手間がかかっちゃってんじゃない。ＬＩＮＥ出したりで」

「それを手間と感じないのが誠実なカレシだよ」

「誠実なのか不誠実なのかわかんないよ。秋宏くん、どう思う？」

「両方かな。ほら、上がりなよ」

この二人はいつもこんな感じだ。仲はいい。それはまちがいない。

三人で奥へ。

春行と百波は台所の流しで手洗いやうがいをして、居間のソファに座る。

僕はグラスを出し、皿や箸も出す。それらをテーブルに並べる。

あとは、お酒とつまみ。僕が用意しておいたのはこれ。

お酒。春行と僕はビール。百波は梅とレモンとグレープフルーツのサワー。

つまみ。海老チリと鶏のチーズ焼きとゴーヤチャンプルー。梅のり塩味のポテトチップスと枝豆スナック。

そこへ、二人が来る前に電話しておいたピザが届き、完成。

「はい。じゃ、乾杯」と春行が言う。

今日の乾杯はあっさりだ。いつもなら、何だかんだとおまけが付くのに。

同じことを思ったのか、百波が言う。

「今日は何に乾杯？」

「百波の映画にだろ」

「あ、そっか」

「そのために来たんだし」

そう。今日はそのために二人が来た。百波の出演映画『火《ひ》』の公開祝なのだ。

公開からはすでに数日が過ぎているが、春行と百波の予定がやっと合い、明日は日曜で僕も休みなので、今日になった。

たまきさんも呼べよ、と春行に言われ、声をかけてみたが、無理無理無理無理、とたまきは言った。

遠慮したわけではない。前から聞いていたので、理由は僕も知っていた。仕事の締切が月曜なのだ。厳密には、日曜。月曜の朝イチで原稿を送信すればぎりセーフ、ということらしい。

二人が来るのはいつもそんなときなのよね。もしかして狙ってます？　って春行くんに言っといて。

とたまきが言うので、本当に言ったら、春行はこう返した。

いやぁ。締切の三日前に終わらすぐらいの余裕がなきゃダメでしょ。ってたまきさんに言っといて。って、ほんとに言うなよ、秋宏。

もちろん、それは言わなかった。

百波は二年前に、初出演映画『カリソメのものたち』で新聞社主催の映画賞の助演女優賞をとった。春行同様タレントだが、女優としての評価も高いのだ。

当然、その後もいくつか映画のオファーがあったらしい。それで出演したのが、今回の『火』。

『ダメデカ』とは真逆。シリアスな作品だ。ミニシアターで上映されている。シネコンでもちょこちょこやっているが、まさにちょこちょこ。一日一回とか二回とか、そんな感じらしい。万人に受け入れられる類ではないのだ。

百波と森上澄奈《もりがみすみな》のダブル主演。共演は、三枝恭作《さえぐさきょうさく》と横田益臣《よこたますおみ》と竹沢鳴代《たけざわなるよ》。僕が名前を知っていたのはそのくらいだが、藤江礼造《ふじえれいぞう》と末岡民穂《すえおかたみほ》という人も有名らしい。皆、いかにも役者さんといった役者さんだ。テレビではそんなに見ない。映画や舞台で活躍しているそうだ。

それは森上澄奈も同じ。百波とちがい、街歩き番組に出たりはしない。このソフトクリームおいし～、とか、牛乳が濃い！　とか言ったりはしない。完全なる女優さん。

「福江《ふくえ》ちゃん、ごめん。映画、まだ観てないんだよね」と百波に言う。

福江というのは百波の本名だ。林《はやし》福江。百波感、一切なし。

「いいよ。ソフト化はされるはずだから、そのときにでも観て」

「いや、今度たまきと行くよ。僕も映画館で観たい」

「無理はしなくていいからね。今回のは秋宏くんの好みではないかもしれないし」

「だとしても観たいよ」

「百波、裸になってるからな」

「え、そうなの？」

「なってないよ」と百波。「背中が出てるだけ」

「いや、あの背中はもう裸だろ。エロいよ」と春行。「肩も背中も出てたら、それはもう裸」

「裸じゃないよ。お尻の割れ目とかは出してないし」

「ちょっとぐらい出せばよかったのに」

「出すわけないでしょ。秋宏くん、ほんとに出てないからね」

「あぁ。うん」

「残念だな。秋宏」

「残念ではないよ。というのも福江ちゃんに失礼だけど」

「秋宏くんは、わたしの背中ぐらい何度も見たことあるもんね。前のアパートで、わたし、シャワーとか浴びてたし。バスタオル一枚でウロウロとかもしてたし」

「でも背中を下まで見たことはないだろ。下まで見たとすれば、尻の割れ目も見たってことだからな」

「割れ目はないよね？　秋宏くん」

「うん。ないよ」

「ほら」

「まあ、割れ目はないなら、よし」

「って、何、この会話」と百波が笑う。「割れ目とか言わせないでよ」

「百波ちゃん、割れ目までいけない？　とか、監督に言われなかった？」と春行が尋ねる。

「言われないよ」

「言われてたら、どうしてた？」

「見せてたよ。別にヤラしい場面じゃないし」

「おぉ。女優魂」

「そんなんじゃないよ」

「百波の背中はもう知ってっから、森上さんの背中も見たかったなぁ」

「バ〜カ」と言って、百波がグラスの梅サワーを飲む。

「春行はさ、その森上さんと会ったことあるの？」と今度は僕が尋ねてみる。

「いや、ないよ」

「そうなんだ」

「あの人、バラエティ番組に出たりはしないからな。接点がないよ」

「そういうもんなんだね」

「そういうもんだな。だから、会ったことない人なんていっぱいいるよ。会う人は何度も会うけど、会わない人はまったく会わない」

わからないではない。それは配達でも同じだ。

一応、配達区の全戸をまわりはする。よく会う受取人さんとはよく会うが、会わない受取人さんとはまったく会わない。むしろ会わない人のほうが圧倒的多数。実際に数えてみれば、よく会う人なんて、全体の五パーセントぐらいだろう。

「でも澄っちは春行のファンだよ」と百波が言う。

「マジで?」

「うん。まあ、ファンという感じではないかもしれないけど、好きだとは言ってた」

「好きだと言ったら、それはもうファンだろ」

「『ダメデカ』も見たことあるって」

「おぉ。じゃ、ファンだ。劇場版でオファーを出せばよかったのにな」

「さすがに出ないでしょ。本人は出たくても、事務所が受けないんじゃない?」

「おもしろそうだけどな。森上さんが出てくれたら。おれを巡って百波と恋のさや当てバトル、とか」

「それはいや」

「おれが森上さんに心を奪われたと見せかけて、最後は百波に戻る」

「それでもいや。余計、いや」

「でも観客は沸くだろ。こいつらまたやりやがった、現実を交ぜやがったって」

「それはもう悪口でしょ。マイナスだよ」

「何にしても、森上さんがおれを好きだなんて、百波、よく言ったな。カレシにそんなことを言うとは大胆だ」

「いや、そもそも澄っちは、男性として春行を好きなんじゃなくて、タレントとして好きなだけだから。それを言ったら、わたしだって秋宏くんのこと好きだし。澄っちが春行のことを好きだとして。その百倍は好きだからね」

「百倍って、それ、おれを好きなのを超えてない？」

「あぁ。超えてるかも」

「こらこら」

「だってさ、カレシの弟としては百点じゃない。ベストカレシの弟賞、なんていうのがあったら、とれると思うよ。秋宏くん」

「ベストカレシの弟賞。いいな。とれよ、秋宏」

「とらないよ。とれないよ」

「いや、とれる。絶対」と百波。

「同感」と春行。

と、まあ、二人は結局仲がいい。セトッチと未佳さんみたいに。前はたまにケンカもしていたが、最近はそれもほとんどない。同棲したら増えるのではないかとも思ったが、むしろ逆。減った。

二人は今、渋谷区にあるタワーマンションに住んでいる。みつば駅前にある三十階建てのムーンタワーみつばよりもずっと高いマンションだ。四十階以上。で、二人の部屋は最上階。

僕は一度も行ったことがない。今回も、たまには秋宏がウチに来いよ、と春行に言われたが、いいよ、二人が来てよ、と返していた。コンシェルジュがいるようなマンションでは落ちつけない。まちがいなく、気後れしてしまう。

枝豆スナックを食べながら、春行が尋ねる。

「実際さ、どうなの？　映画」

もう五年はハマっている梅のり塩味のポテトチップスを食べながら、百波が答える。

「評価は悪くないけど、売れないよ。興行収入は稼げない」

「でも配信とかで結構いけるだろ。ああいうのは家でじっくり観たいって人もいそうだし」

「そうだったらいいけどね。正直、どう思った？」

「ん？」

「映画」

「あぁ。よかったろ。おもしろかったよ」

「ほんとに？」

「ほんとに。内容は難しくてよくわかんないとこもあったけど、何ていうか、その、わかんないおもしろさがあったよ」

「いつかさ、春行とああいうのやりたい」

「あの手の映画だと、おれじゃ浮くだろ」

「そんなことないよ。演技はムチャクチャうまいじゃん」

「お、マジで？」

「マジで。『カリソメのものたち』の都丸《とまる》監督が言ってたよ。彼は相当うまいって。たぶん、春行というタレントを普段からず～っと演じつづけてるんだって」

「言ってた、の？」

「うん」

「おれ、ず～っと演じつづけてんの？」

「うん。わたしもね、そう言われたときは、いや、ちがいますよって思った。監督は知らないでしょうけどわたしは知ってますよ、春行はあのまんまですよって。でも最近、もしかしたらほんとにそうなのかもって、ちょっと思うようになった。春行と住むようになったからなのかな」

「おぉ。じゃ、おれ、誰？　おれの本物は、どこに？」

「本物とかニセ者とか、そういうことじゃないの。虚像と実像っていうの？　それが同じなの、春行は。二つあるんだけど、同じ」

「なら一つなんじゃないの？」

「一つは一つ。春行が二人いるとかではない。でも、そうなの」

「うーん」と春行。

うーん、と僕も続く。密かに。

こういう話になると、僕はもう入っていけない。いつもそうだ。これは選ばれた人たちの話。僕がどうこう言っていいことではない。

とそんなふうに言ってしまうと、格差みたいなものを感じさせるが。そういうことでもない。もっと単純なこと。郵便配達の話をしても春行と百波には通じない。それと同じだ。

「そんじゃ、まあ」と春行は言う。「いつかやろう。そういう映画。そのときのために、今の位置をキープしとかねえとな」

「それが一番大変なんだけどね」

「ほんと、そう」春行は続ける。「と言いつつ。いつやめてもいいって気持ちも、やっぱキープするけどな」

「うん。それでいいよ」

「あ、いいの？」

「いいよ。そのほうが春行っぽい」

「秋宏は？」

「ん？」

「いつ郵便配達員をやめてもいいって気持ちは、ある？」

「ないよ」

「お、即答」

「僕は二人とはちがうよ。仕事をやめたらすぐにお金がなくなっちゃうから、やめられない」

「そうじゃなくてもやめないよ、秋宏は。配達が天職だもんな。何せ、役者のオファーをあっさり断ったりすんだから」

何年も前にそんな話があった。春行の事務所の社長がテレビ局に、双子かと思いきや双子ではない兄弟の話、のドラマ制作を持ちかけたのだ。春行だけでなく、素人の僕まで出演させる前提で。もちろん、断った。検討するまでもいかなかった。できるわけがないのだ、僕に。

「秋宏は、それで金をもらえなくても配達とかしそうだよな」

「いや、しないでしょ。意味がわからないよ。まず、雇われてなかったら、配達なんてさせてもらえないだろうし」

「させてもらえないって言い方がいいよね」と百波が笑う。「何か、したそう。ほんとに、お金もらわなくても、しそう」

しないよ、とは言わない。お金をもらえなかったらしないだろうが、そういうのは抜きにして、しないよ、とは言いたくない。だって、配達は好きだから。

「じゃ、秋宏、最近配達中にあった最も印象的な出来事を述べよ」

「うーん」

「考えるな。ぱっと頭に浮かんだものでいいよ。我々も、それこそが聞きたい」

「じゃあ」と言って、話す。海藤安二さんのことを。

個人情報だから、場所や名前は伏せる。言ったのはこれだけ。

配達中にアパートの住人から声をかけられたこと。隣人が亡くなったと聞いたこと。そうなると配達はできないので郵便物は持ち戻ったこと。声をかけてくれたその人は隣室に向けて手を合わせていること。その場では僕もそうしたこと。

話を聞くと、春行は言った。

「アパートかぁ。そういうことも、あるんだろうなぁ」

「あっても全然不思議じゃないよ」と百波も言う。「一人で住むって、そういうことだもんね」

「そのあとにさ」とこれは僕。「お父さんとお母さんのことを、ちょっと考えたよ」

「あぁ。親父と母ちゃんな」と春行。「確かに、孤独死とか、可能性がなくはないもんな。いきなり逝っちゃう病気だって結構あるみたいだし」

「原因がわからない突然死っていうのも、結構あるみたいね」と百波。

「そういうのだと、たとえ一緒に住んでたとしてもその場にはいられないけどな。次の日にはわかるにしても」そして春行は言う。「ウチは二人が別れちゃったから孤独死の可能性はあるけど、百波んとこは、だいじょうぶなの？　今はお父さんとお母さん、二人で住んでんだよな？」

「うん」

「仲は？」

「お姉ちゃんが結婚してからは、悪くないのかな。孫もできたし。二人でよく顔を見にいってるみたい」

「日南乃《ひなの》ちゃんか」

「そう」

上野《うえの》日南乃ちゃん。百波こと福江の姉、雪江《ゆきえ》さんの子だ。

「子はかすがいってやつだな」と春行が言い、

「孫はかすがい、だよ。ウチの場合」と百波が言う。

「そのかすがいって、何？」

「知らない」

「秋宏、何？」

「僕も知らない」

「調べて」

調べた。スマホで。

かすがい、で検索。出てきた辞書情報を伝える。そのまま読みあげる。

「材木と材木とをつなぎとめるために打ち込む、両端の曲がった大釘。だって」

「へぇ。言われても、わかるようなわかんないような、だな」

「その下に、人と人とをつなぎとめるもの、とも書いてあるよ。例として、そのもの、子は鎹、ともある。鎹って、知らない字だよ。うまく説明できない」

そう言って、春行にスマホの画面を見せる。

「あぁ。確かに知らないわ。初めて見る漢字かも。いきなり出てきたら読めないな」

「子が人と人をつなぎとめるんだね」と百波。

「おれらはつなぎとめられなかったわけだ。おれと秋宏は、親父と母ちゃんを。子、失格だな」

「まあ、そうだね」と言うしかない。結果を見ればそうだから。

「いや、熟年離婚はまたちがうでしょ」と百波がフォローする。「子どもは関係ないんじゃない？　手が離れたからそうなるんだろうし」

「だからこそだろ。うまく手が離れないようにしなきゃダメってことなのかもしんない」

「それは無理でしょ。子どもが責任を感じることじゃないよ」

「責任は感じねえけど」

「ねえのかよ」と百波が笑う。「感じてる流れだっつうの。秋宏くんはどう？　感じてる？」

「感じてなくもない。ような気が、しないでもない。よくわかんないよ」

「この歳になればもう」と春行が言う。「親として子として、お互いに尊重することしかできないからな。自分の意見は言えるけど、それを押しつけようとは思わないし」

「何、どうしたの？　春行。何か大人みたい」

「大人だよ。というか、もう三十二。大人どころかおっさんだよ。ヤバい」
「確かにヤバい。わたし、もう二十九。おばちゃん」
「時間てさ、ほんとに経つのな。十代のころは経たないような気がしたんだけど。一学期が始まったら、夏休みはマジで来んのかよ、と思ってたし。で、来たら来たでそれは速ぇんだけど。二学期が始まったら今度は、冬休みはマジで来んのかよ、と思ってたし。今はもう、わかるもんな。自分が四十にも五十にもなるんだってことが。六十にも七十にもなるんだってことも」

確かにそうだ。

そしてそうなる前に死んでしまうことも、ある。

受取人さんが亡くなってしまう。もちろん、そんなことだって、ある。

配達区は広い。高齢者のかたがたもたくさんいる。皆、等しく歳をとる。死を避けられない歳にもなる。実際、亡くなってしまう。海藤安二さんはちょっと、いや、今の平均寿命を考えればかなり早かったが。

受取人さんの死のすべてを配達人が知るわけではない。人が亡くなったからといって郵便局に届を出す必要はないから。

逆に言うと、その事実を知らされない限り、郵便物が来れば局は配達してしまう。本人以外に郵便物を受けとる権利はないが、実際には同居家族が受けとってしまうし、たぶん、開封もしてしまう。そこまでは局も制限できない。

そんなだから、受取人さんが亡くなってもしばらく郵便物は配達される。そうされても困ると同居家族が感じるようになったころに初めて、例えば僕らにご家族がその旨を告げることで、配達はされなくなる。

今現在、配達区のなかで、僕ら配達人は知らないが亡くなられている受取人さん、は何人もいらっしゃるはずだ。亡くなって時間が経てば、郵便物が出されなくもなる。配達されるのは負担と感じる前にそうなれば、ご家族もわざわざ言ったりはしない。

ただ。

海藤安二さんのそれのように、僕らがはっきりと知ってしまう死もある。で。

そういうことは続いてしまう。

いや、続いてしまうのではない。それぞれはまったく無関係。ご近所一帯を配達区と認識する僕らのなかで勝手に結びついてしまうだけだ。

そのかたの死は、まさにはっきりと知らされた。自分の目で確認してしまった。

いつものように配達に行くと、お宅で葬儀がおこなわれていたのだ。

まだ学校が冬休みに入る前。アルバイトの五味くんは週一勤務。だから僕が四葉の担当になるのも週一程度。その週一に、その日が当たってしまった。

でもそれを不運と思ってはいけない。僕でなければ、たぶん、美郷さんが当たっていたわけだから。

四葉の篠原《しのはら》家。お隣からはかなり離れていて、そこへ行くためだけに林道を百メートルは走らなければいけないお宅。敷地がとても広い一戸建てだ。

林道が始まるところに、篠原家、と書かれた看板が立てられていた。進んでいくと、庭の奥に黒と白の幕が張られているのも見えた。庭にも敷地の外にも、車が何台か駐まっていた。外の一台は、四葉クローバーライフの営業車。ドアにそう書かれていたのでそれとわかった。

自分で配達しているから、四葉クローバーライフが葬儀社であることは知っている。みつばベイサイドコート、セトッチが住むA棟ではなく、国分優樹さんと同じB棟に住む安井友好《やすいともよし》さんがそこに勤めている。

篠原家、の立て看板を見たときから想像はついていた。

亡くなられたのは、篠原ふささん。すでに八十代半ばだった。ずっとお元気だったが、考えてみれば、今年に入ってお姿を見た記憶はない。

一つの局に八年近くいると、やはりこうなってしまう。何度も話したことがある受取人さんが、亡くなってしまう。

まずは配達員として、どうしようか迷った。篠原家の郵便受けは、庭にある納屋の木の柱に掛けられているのだ。

普段はバイクでそのまま入っていくが、さすがにそんなことはできない。たとえ降りたとしても、郵便屋がのこのこ入っていっていいものかと思ってしまう。といって、配達をしないわけにもいかない。それはそれで迷惑をかける。

ということで、とりあえずエンジンを止めてバイクから降り、どうするか考えながらヘルメットをとっていると。

学生服姿の山村海斗《やまむらかいと》くんが敷地の外に出てくる。

篠原ふささんのお孫さんだ。ふささんの娘皆子《みなこ》さんの息子さん。だから名字は山村。四葉中学校に通っている。今、三年生。

「郵便屋さん」とその海斗くんが声をかけてくれる。

「海斗くん。こんにちは」

「こんにちは。バイクの音、やっぱり郵便屋さんだったんだ」

「ということは、何、出てきてくれたの？」

「うん。これじゃ入りづらいだろうから」

「ありがとう」
海斗くん、すごい。郵便バイクの音は町の音。そんなには聞こえないはずなのに。
でもここは住宅密集地のみつばではない。四葉。なかでも静かな篠原家。だから
かもしれない。聞こえるのだ、林道を走ってくれば。
「ばあちゃん、死んじゃった」と海斗くんは言い、すぐに言い直す。「亡くなっち
ゃった」
「そうなんだね。ご愁傷様です」
「でも、よかった。最期は病院だったけど、ばあちゃん、葬儀は家でやってほしい
って言ってたから」
「あぁ。だから、こうしたんだ」
「うん。お母さんとお父さんが」
お母さん、が先に来る。皆子さんだ。
お父さんの成人《なるひと》さんは海斗くんと血のつながりがない。皆子さんの再婚相手なの
だ。海斗くんは連れ子。
でも山村親子はこの篠原家に住んでいる。初めは三人で都内南千住のマンション
に住んでいたが、こちらへ移ったのだ。ふささんを一人にしてはおけないというこ
とで。また、成人さんの職場がこの四葉からそう遠くないということもあって。

「ばあちゃん、元気に見えたんだけどね。何日か前までは意識もはっきりしてて、ぼくともしゃべったし」

「そっか」

「うん」

「あ、じゃあ、これ、今日の郵便ね」と一通を渡す。山村成人様宛の封書だ。

受けとると、海斗くんは言う。

「郵便屋さん、ちょっと待ってて」

そして走って家に行き、二本のペットボトルを手に、戻ってくる。

「はい、これ」と一本を僕に差しだす。緑茶だ。

「いいの？」

「うん。何か、いっぱいあるから」

「じゃあ、もらうね」と受けとる。「ありがとう」

海斗くんは自分のペットボトルのキャップを開け、緑茶を一口飲む。

ちょっと話をしてくれるということなのだろう。こんなことを言ってはいけないが。中学生にとって葬儀は退屈なのかもしれない。

わかる。僕もそのころはそうだったから。祖父母が亡くなるのはもちろん悲しいが、それとは別に、葬儀そのものは退屈なのだ。

学校の全校集会みたいなもの。まず、長い。こんなことを言ってもいけないが。ダラダラと続く。特に、こうして自宅でおこなう場合は。

「いただきます」と言って、僕もキャップを開け、緑茶を飲む。温かくはないが、冷やされてもいない。常温。おいしい。人から頂くものは何だっておいしいのだ。たとえそこが葬儀の場でも。

同じ四葉に住む今井博利さんの孫貴哉くんも親切だが、篠原ふささんの孫海斗くんも親切だ。血は受け継がれるということなのか。

篠原ふささんのことを、あらためて思いだす。

配達人と受取人さんの関係でしかないのに、このふささんとは多くの思い出がある。

家にいるときのふささんは、僕が配達に行くといつもお菓子をくれた。あめ玉とか、おせんべいとか。お茶もしょっちゅう入れてくれた。

それらを、縁側ふうの廊下に座って頂いた。

かつては本当に縁側だったらしいのだが、改築してその、縁側ふう、になったのだ。一応、掃き出し窓が廊下の外側に来る構造。でもその窓を開ければ、まあ、縁側。

お茶やお菓子を出してくれるだけでなく、帰りがけには、裏の畑でとれたトマトを持たせてくれたりもした。調理は必要なし。そのままかぶりつけるトマト。ありがたかった。そして、おいしかった。

さらにふささんは、何と、僕にお金をくれようとしたこともある。千円。お菓子をくれるような感じで、普通にくれようとするのだ。はい郵便屋さんこれ、と。

さすがにそれは頂けませんと断ったが、本当に驚いた。だって、そう。僕は個人的な親切でふささんに郵便物を届けているわけではないのだ。先の春行と百波との話ではないが、お金をもらってやっている。あくまでも仕事としてやっている。なのに、千円。もらえるわけがない。もちろん、ふささんだって、そんなことは承知のうえでくれようとしたわけだが。

あとは、もう一つ。現金書留の件もある。

といっても、国分苗香様宛のあれみたいなことではない。これはちょっと苦い思い出。

当時南千住で暮らしていた海斗くんに、ふささんがお小遣いのお金を送ろうとしたのだが。現金書留ではなく、普通郵便にしてしまったのだ。

悪気はない。微塵もない。深く考えなかっただけ。ダメと気づかなかっただけ。それは、その封書を郵便局員である僕に預けようとしたことでもわかる。

お茶とお菓子を頂いたあとで気軽に預かった僕は、局に戻ってその封書を配達局に送ろうとした。が、薄手の茶封筒だったため、そこで初めて、なかに紙幣が入っていることに気づいた。

気づいたからには、見逃すわけにはいかなかった。それが最後まで気づかれずに配達される可能性はある。でも気づいた局員が見逃していいはずがないのだ。

もう遅い時間だったが、僕は再びバイクを出して篠原さん宅を訪ねた。そして事情を説明した。現金は普通郵便では送れないのです、と。

ふささんは謝ってくれた。謝らせていることが心苦しかった。預かった僕がその場で気づいていればそんなことにはならなかったのだ。

現金書留の出し方を説明すると、明日、局さんに行くよ、とふささんは言ってくれた。その口調まではっきり覚えている。局さん。ありがたい言葉だ。

「ふささん、おばあちゃんにさ」と僕は自ら海斗くんに言う。「どれだけお菓子をもらったかわからないよ」

「ばあちゃんは、来た人みんなにそうするからね」

そうだったのだろう。郵便配達員なんて、まったくの他人。関係は近くない。道ですれちがった人と大差はない。でもそうしてくれるのだから、関係がより近い人にそうしないわけがない。

そしてそんなふささんを見ているから、海斗くんもこうして僕にペットボトルの緑茶をくれる。

海斗くんのことは、六年前から知っている。

そのころ海斗くんは小学三年生。ここ篠原家に半年弱住み、皆子さんと南千住に引っ越していった。で、中学に上がるときに戻ってきたのだ。新しいお父さんである成人さんとともに。

うれしいことに、海斗くんは、小三のときに何度か話しただけの僕のことを覚えていてくれた。春行に似てたから覚えていたのだそうだ。

そのころのことは、僕もよく覚えている。郵便絡みのことでもあるから。

四葉に引っ越してきた海斗くんは、前の学校で一緒だった田中舞美《たなかまいみ》ちゃんからの手紙を待っていた。お互いに出そうと約束したわけではなく、出すと田中舞美ちゃんが言ったわけでもないのに待っていた。

つまり、田中舞美ちゃんのことが大好きだった。だから、もしかしたら手紙が来るんじゃないかと勝手に期待していたのだ。自分がこんな気持ちなのだから田中舞美ちゃんも同じかもしれない、と。

その気持ちはよくわかった。自分も同じだったから。

僕も小四のときに引っ越した。前の学校で一緒だった出口愛加ちゃんが好きだった。海斗くんほどではないが、手紙くれないかなぁ、と思っていた。くれなかった。当然だ。新住所を伝えたりはしていなかったから。

当時、海斗くんから話を聞いて、僕はその出口愛加ちゃんのことを思いだした。まだ出口愛加ちゃんがみつばに引っ越してくる前の話だ。そんなことになるとは僕が夢にも思っていなかったころの話。

田中舞美ちゃんからの手紙を一人待ちつづける小三の海斗くんに、僕は言った。郵便屋の分際で、偉そうに。手紙、自分から書いたほうがいいんじゃないかな、と。思いだすだけでも恥ずかしい。本当に偉そうだ。

でもその後。海斗くんは手紙を出し、田中舞美ちゃんから返事をもらった。その返事の手紙、残念ながら、配達したのは僕ではない。ワールドカップを狙える木下大輔さん。その日、僕は四葉の担当ではなかったのだ。

手紙が来たことは、あとで海斗くん自身から聞いた。そのうれしい話を置きみやげに、海斗くんは南千住へと引っ越していったのだ。

「ぼくさ」と今は中三となった海斗くんが言う。「考えたら、郵便屋さんに言われたから手紙出したんだよね」

「ん?」

「マイミに」といきなりその名前が出る。

さすがに訊いてしまう。

「田中舞美ちゃん？」

「うん。すごい。よく覚えてたね」

「覚えてるよ。海斗くんが話してくれたから」

「そんなに細かく話したっけ」

「まあ、そこそこ」

「一度遊びに来たからさ、ばあちゃんも知ってるよ」

「え？」

「舞美」

「そうなの？」

「そう。去年、一緒に映画を観た。そのついでに来た。お母さんはいなかったから会ってないけど、ばあちゃんは会ってる。ばあちゃんならいいかと、ぼくも思ったし」海斗くんは笑顔で言う。「ばあちゃんさ、舞美にトマトとか持たせてんの。これ食べてってって。舞美、かばんにトマト入れて帰っていった。おいしかったって、あとでＬＩＮＥが来た。いいおばあちゃんだねって」

「そうか」と言い、これも訊いてしまう。「海斗くんは、舞美ちゃんと付き合ってるの？」

「付き合ってはいないよ。郵便屋さんに言われて手紙を出したあと、何度かやりとりをするようにはなったけど」

「文通したってこと？」

「うん。今はもうLINEだけどね。どっちもスマホがあるから」

そうだろう。スマホを持ってるのに手紙で、とはならない。それはもうしかたない。郵便配達員の僕だってそうしている。

「最初の手紙にはさ」

「うん」

「郵便屋さんが書けっていうから書いた、みたいなことを書いちゃったよ」

「ほんとに？」

「うん。何か照れくさかったから」

「舞美ちゃん、おせっかいだとか言ってなかった？」

「そうは言ってなかったけど、驚いてはいたかな。わたし郵便屋さんと話したことないっていうようなことは、書いてあった気がする」

それもそうだろう。普通、郵便屋とは話さない。

だからこそ、話せた人には縁を感じてしまう。もっと近づきたいということではなくて。距離を保ってその縁を大事にしたいな、と思う。

緑茶を一口二口と飲んで、海斗くんが言う。

「ばあちゃんも、郵便屋さんのことは好きだったよ。タレントさんみたいでいい男だねぇって言ってた」

「おばあちゃん、春行のことは知ってたんだ？」

「ううん。知らなかったと思う。ばあちゃんはＮＨＫしか見ないから。郵便屋さんはカッコいいからタレントみたいだと思ったんじゃないかな」

そこで、喪服姿の女性と男性が敷地の外に出てくる。ともに四十すぎぐらい。

「海斗、何してんの？」と女性が言う。「戻って」

「うん。すぐ行く」と海斗くんが返す。

その女性が、たぶん、皆子さんだ。初めて見る。

どうも、という感じに頭を下げてくれるので、僕も下げ返す。

すぐ後ろにいた成人さんらしき人も同じく頭を下げてくれるので、やはり下げ返す。

かつてふささんが何気なく僕に洩らした言葉を思いだす。娘の皆子さんに関して言ったことだ。

ほんとにねぇ、困ったもんだねぇ、ふらふらしちゃってねぇ。

聞いたのは、僕がみつば局二年めぐらいのころ。

今こうして初めて見る山村皆子さんに、ふらふらしそうな感じはまったくない。歳をとって落ちついたということなのか。ふささんがいくらか大げさに言っただけなのか。

成人さんは、皆子さんより歳下。ふささんの成人さん評はこうだった。いい人はいい人なんだけど、ちょっと頼りなくてね。

こちらは、失礼ながら、そんなふうに見えなくもない。いや、ちがう。頼りなくは見えない。穏やかそうな人に見える。

二人は家に戻っていく。たまたまそうなっただけではあろうが。二人で海斗くんを捜しに来るところがいい。

「そういえば、海斗くん、年が明けたら受験だよね」

「うん」

「今は大変なときだ」

「まあね。でも、ばあちゃんが休めって言ってくれたのかも」

緑茶はまだ半分以上残っているが、僕はペットボトルのキャップを閉めて、言う。

「ちょっと図々しいんだけど。海斗くんの受験も終わって落ちついたら、おばあちゃんにお線香を上げさせてもらってもいい？」

「いいよ。いつでも言って。お父さんとお母さんにも言っとくから」

「ありがとう」

お父さんとお母さん。

今度はお父さんが先に来る。


自宅は蜜葉市にあるのではない。

僕にとって、蜜葉はあくまでも職場。仕事を終えて帰ってきてからも蜜葉のことを考えたりはしない。

でも今日はちょっと考える。それが普通。広い意味で、蜜葉のこと。篠原ふささんのこと。さかのぼって、海藤安二さんのこと。

自宅は実家。二階建て、４ＬＤＫ。前は家族四人で住んでいた。今は一人で住んでいる。母は父と離婚して出ていき、父は鳥取にいて、春行は百波と渋谷区のタワーマンションにいるから。

両親が寝室としてつかっていた一階の和室と、同じく和室の客間と、二階の春行の部屋はそのまま。僕は二階の自室と一階の居間だけをつかっている。

そこまで大きくはないが、休日に一人で掃除をするのは結構大変だ。窓とか雨樋とか、そんなところにまではなかなか手がまわらない。結局は年末年始に帰ってきた父が集中的にやってくれたりする。

二階の自室は洋間。昔からつかっていたベッドは処分し、前のアパートでつかっていたベッドを代わりに置いた。

そのベッドの縁に座り、久しぶりに音楽を聞く。

部屋は暗い。初めから明かりをつけなかったのだ。

イヤホンをつかうのでなく、スピーカーから音を出す。そんなに大きくはしないが、隣の春行の部屋でも聞こえるくらいにはする。何というか、音を響かせたい。ちゃんと空気を揺らしたい。

今流れているのは、スカイマップ・アソシエイツ。アルバム『エロティカル・ポリティカル』に収録されている曲、『エレジー』。

そこにも蜜葉が絡んでいるといえば絡んでいる。

スカイマップ・アソシエイツは、四葉のバー『ソーアン』のマスター吉野草安さんの子どもたち、維安《いあん》さんと叙安《じょあん》さんのバンドなのだ。アマチュアではない。プロ。日本ではあまり知られていないが、イギリスでアルバムを出している。すごい人たちなのだ、吉野兄妹は。

スカイマップ・アソシエイツの音楽は基本的にパンク。僕は特に音楽が好きなわけでも特にパンクが好きなわけでもないが、スカイマップ・アソシエイツは好き。

激しい音楽のなかでは唯一好き、と言ってもいいかもしれない。

この『エレジー』もそう。激しい。でもどこか憂いもある。微かなのに深い憂いだ。

詞はこんな。

おれは悲しくねえ
ちっとも悲しくねえ
死ぬほど悲しくねえ
悲しくなくて死にそうなくらいだ

維安さんはギターで、叙安さんはドラム。ヴォーカルは井村夏樹《いむらなつき》さん。この井村さんは祖父もミュージシャン。井村勝《まさる》とロンサム・ハーツというディキシーランドジャズのバンドのリーダーだったらしい。

スカイマップ・アソシエイツの曲は維安さんがつくっているが、詞は井村夏樹さんが書いている。すべて日本語。イギリスで出したアルバムもそうだという。英語に変えたりはしなかった。それじゃ意味がないと思ったみたいだね。と、バー『ソーアン』の吉野草安さんが言っていた。

おれは悲しくねえ
毎朝悲しくねえ
毎晩悲しくねえ
悲しくなくて泣きそうなくらいだ

思いつきで『エレジー』をリピート再生し、三度聞いてから音量を下げる。そしてたまきに電話をかける。ＬＩＮＥのメッセージではなく、通話。

たまきはすぐに出てくれる。

「もしもし」

「もしもし。僕」

「うん。何？」

「何ってことは、ないんだけど」

「音楽、かけてる？」

「うん。スカイマップ・アソシエイツ」

「あぁ。そんな感じする」

「『エレジー』」

「『エロティカル・ポリティカル』だ」

「そう」

「その曲、好き」

「僕も」

「そうなの?」

「うん」

電話をかけてはみたものの。何を言えばいいかわからない。篠原ふささんや海藤安二さんのことを話すのは、ちょっとちがうような気がする。たまきは二人のことを知らないのだ。

だから、こんなことを尋ねる。

「エレジーって、どういう意味?」

「アイカ」

「えっ?」

ドキッとする。カノジョの口からいきなり初恋の人の名前が出てきたから。

たまきは言う。

「かなしいうたのアイカ。悲哀の哀のほうね。その哀に歌で、哀歌」

「あぁ。哀歌」

「今、ドキッとしたでしょ。出口愛加ちゃんの愛加かと思って」

してないよ、と言いそうになって、言う。うそをつくのはいやだから。

「うん。ちょっと」

「ゲッ。ほんとにしてる」

「いや、いきなりだったから驚いただけだよ」

いくらか間を置いて、たまきは言う。

「アキ」

「ん?」

「どうした?」

「どうもしてないよ」

「何かあった?」

「何もないよ。どうして?」

「どうしてってことはないけど。何か、いつもとはちょっとちがうような気がする」

「する?」

「する」

だとすれば。僕が、このところ身のまわりで続いた死を意識しすぎているのかもしれない。その気配がたまきに伝わってしまったのだ。

「ほんとにだいじょうぶ？」

「ほんとにだいじょうぶだよ。何ともない」

たまきは意外なことを言う。

「あのね」

「うん」

「何かしんどいなっていうことがあったら、これは重いなっていうことがあったら、わたしに言ってくれてもいいよ」

「あぁ。それは、えーと、カノジョだから？」

「というよりは、お姉さんだからかな」

「お姉さん」

「そう。アキよりはお姉さん。せっかくだからさ、歳上カノジョのその歳上っていう部分も活かしたいじゃない」とたまきは笑う。

冗談混じりにはしているが、本気度もそれなりに高いことがわかる。何故？もう長く付き合っているカノジョだから。

「何かしんどいなっていうことも、これは重いなっていうことも、ないよ」

「もしあったらっていう話」

「わかった。あったら言うよ。重荷を一緒に背負ってもらう。六対四ぐらいの割合で」

「どっちが六？」

「こっちだよ。僕」

「半々でいいよ。男だから自分が六とか、そんなふうには考えなくていい」

「あぁ。うん。じゃあ、半々」

「その代わり、わたしもね」

「ん？」

「わたしも、重いことがあったら言う。そのときは一緒に背負ってね。アキは歳下だけど背負ってね」

「もちろん。ただ」

「ただ？」

「翻訳の手伝いとかはできないけど。英語、ダメだから」

「そういうことは期待してない」

「まあ、そうか」

「アキはね」

「うん」

「いるだけで力になる人だよ」

「何それ」

「何それって、何？　言葉どおりの意味だよ」

「うーん。いい意味？」

「今の、いい意味以外に何があるのよ」

いるだけで力になる。自分ではとてもそうは思えないが、たまきがそう言ってくれるならそれでいい。僕が否定することでもない。それは謙遜にならない。むしろたまきの見方を否定することだ。

ともかく。本当に、重いものはない。今はまだ、たまきに背負ってもらうほどのものはない。だいじょうぶ。

話を変えるべく、僕は言う。

「カフェ『ノヴェレッテ』には、行ってる？」

「行ってるよ。二週に一度ぐらいかな」

「何だ。結構行ってるんだね」

「うん。コーヒーおいしいし。こないだ初めてケーキを食べたら、それもおいしかった。いちごのタルト。次はモンブランを頼んでみるつもり。わたし、モンブランは普段あんまり食べないんだけど、あそこのはおいしそうだから」

結局、たまきと二人でカフェ『ノヴェレッテ』には行っていない。何となく行きそびれてしまった。配達区にあるお店は、やはりお客としては行きづらいのだ。こちらがお客になると、配達人と受取人さんの関係が崩れるような気がしてしまう。四葉のバー『ソーアン』は特別。配達中にお昼を食べるなどして、すでに何度もお客になっていたから、平本秋宏個人としてもすんなりお客になることができた。カフェ『ノヴェレッテ』の江島丈房さんとは、四月に一度話しただけ。日々の配達でもほとんど顔を合わせない。だから、まだちょっとお客にはなりづらい。

フォーリーフ四葉の増田佳世子さんにもらった割引券。あれは本当に片岡泉さんにあげた。夏にジャスミン茶をもらったあのあとも配達で一度顔を合わせたので、その際に渡したのだ。これどうぞ、よかったら木村さんと行ってください、と。

あ、郵便屋さん、またお茶飲む。冷凍庫には入れてないけど飲む。と片岡泉さんは言ってくれたが、そこはさすがに遠慮した。それでまたお茶をもらっていたら、割引券のお礼感がなくなってしまう。

「あ、そうだ」と僕はたまきに言う。「エレジーはわかったけど。ノヴェレッテはどういう意味？」

「英語の辞書には、中編小説、と載ってることが多いかな。英語でもあるけど、日本ではドイツ語とかフランス語とかの印象のほうが強いよね」

「そう言われれば、そんな感じか。音的に。って、よくわかんないけど」

「そもそもは短編小説を意味する言葉みたい。でも音楽用語としてつかわれるのが一般的。ドイツだとシューマン、フランスだとプーランク、とか」

「それは、作曲家?」

「そう。クラシックの人たち。ピアノ独奏曲のタイトルになったりするの。シューマンだと『八つのノヴェレッテ』。プーランクだと『三つのノヴェレッテ』。短めなものをその数だけ集めたピアノ曲集。そのタイトル。小さな品と書く小品集ってとこかな」

「すごいな。よく知ってるね」

「翻訳の原稿にプーランクの名前が出てきたことがあって。そのときに調べたの。曲も聞いてみたら結構よかったから、CD買っちゃった。プーランクのピアノ作品集。二枚組のやつ」

「へぇ」

「仕事をするときに、音を小さくしてよくかけるよ。アキが来たときも何度かかけてるはず」

「知らなかった」

「いちいち言わないしね。これはプーランクというフランスの作曲家のピアノ曲です、とか、今からプーランクをかけます、とか。知らないのに言われても、わけわかんないでしょ」

「そうかも」

「わたしはどっちも好きだけどね。『エレジー』も『三つのノヴェレッテ』も。スカイマップ・アソシエイツもプーランクも」

そう。たまきもスカイマップ・アソシエイツを知っている。『エロティカル・ポリティカル』のCDも持っている。

僕らは一度、吉野維安さんと吉野叙安さんに会ったこともあるのだ。深《しん》というバンドのライヴ会場で。深は、何年も前にみつば局で配達のアルバイトをしていた園《その》田深《だしん》さんのバンドだ。やはりプロ。

たまきが住むのはカーサみつばの二〇一号室。その下の一〇一号室には、作家の横尾成吾《よこおせいご》さんが住んでいる。たまきは横尾さんのファンだ。小説を何冊も持っている。

それはもう知っている。スカイマップ・アソシエイツの音楽が好きなことも知っている。でもそのプーランクは知らなかった。まだまだあるのだ、僕の知らないことは。

まあ、一人の人間のすべてを知ることなどできない。それがたとえカノジョでも。ただ、知ろうとする努力はしたい。とそんな大げさなことではなく。知れることは知りたい。

　だから僕は言う。

「今度聞かせてよ。プーランク」

「いいよ。じゃあ、今からプーランクをかけますって、ちゃんと言う」

「うん。言って。そうじゃないとわかんないから」

「カフェ『ノヴェレッテ』もね、プーランクばっかり流してるよ。何度めかのとき、わたし、お店の人に言っちゃった。これ、プーランクですよね？　って」

「そうなんだ」

　だとすれば、たまきも、江島丈房さんと話したことがあるわけだ。コーヒーを頼むときや会計をするとき以外にも。

「アキも今度一緒に行こうよ。せっかくできてくれたカフェだから、絶対につぶれてほしくない。落とせるお金は落としたい。みつばのカフェ『ノヴェレッテ』でコーヒーを一杯飲んでから四葉のバー『ソーアン』へゴー！　なんていうのもありでしょ」

「あぁ。それはいいかも」

　いい。コーヒーを一杯飲み、それから三十分歩いてバーへ。

　それもいいし、こんなふうに電話でカノジョの、というか人の声を聞けるのは本当にいい。
どちらも生きている場合にのみ、人はそれができる。

心の小売店

僕が日本郵政公社に入ったころにくらべると、扱う年賀状の数は減っている。僕がみつば局に来たころにくらべても、そう。現に、発行枚数は年々減っているのだ。その流れは、たぶん、もう止められない。いつか最後が来てしまうのか。来るならそれはどんな形になるのか。

例えば五十年後を考えたときに、年賀状を出す習慣が多くの人々に残っているとは思えない。年賀状がなくなりはしないが、そのために郵便局が特別態勢を敷くこともない。最後、はそんな感じかもしれない。

五十年後。僕は八十一歳。さすがにもう郵便配達をしてはいないはずだが、平均寿命から考えれば生きている可能性は高い。昔はね、人間が郵便を配達していたんだよ。などと見守りＡＩロボットに話しかけたりしているのか。想像もつかない。

それでも、今現在、僕ら配達員にとって年賀が一番の山場であることは変わらない。通常の郵便物のほかに年賀状を扱わなければいけないし、そのための設備も人も増える。局全体がにぎわう。

その年賀のアルバイトに、大学生になった柳沢梨緒《やなぎさわりお》ちゃんが来てくれた。

こんな紹介の仕方も失礼だが。みつばベイサイドコートB棟に住む柴崎《しばざき》みぞれちゃんの友人だ。梨緒ちゃん自身はみつば南団地のA棟に住んでいる。僕はまずみぞれちゃんと知り合うことで、この梨緒ちゃんとも知り合った。

最初は書留の配達。柴崎みぞれちゃんはまだ中学生。平日なのに家にいた。印鑑を捺し、書留を受けとってくれた。

それから、僕の集合ポストへの配達を観察するべく、一階のエントランスホールに下りてくるようになった。二人で話をするようにもなった。結果、ちょっといやなことがあり、みぞれちゃんは学校に行かなくなっていたことがわかった。

その際に何度も柴崎家を訪ね、来なよ、とみぞれちゃんを誘ったのが、この柳沢梨緒ちゃんだ。

しばらくして、みぞれちゃんはまた学校に行くようになった。美容室のカットモデルを務めるようにもなった。

みぞれちゃんと梨緒ちゃんは、中二のときの職場体験学習でみつば局に来てくれた。そのとき初めて、僕は梨緒ちゃんに会った。

高校生のときは、二人で年賀のアルバイトに来てくれた。高校生になったらやると、すでに中学生のときに言ってくれていたが、本気にしてはいなかった。でも本当に来てくれたからとてもうれしかった。

　そして今回だ。

　年賀のアルバイト。仕事内容は、局内での区分か、局外での配達。男性は配達を選ぶ人も多いが、女性はほぼ区分を選ぶ。冬休みにできるから、高校生も多い。まだ受験がない一、二年生が主。

　その女子高生たちに柳沢梨緒ちゃんが交じっているのを僕が見つけ、声をかけた。

「あれっ、梨緒ちゃん」

　梨緒ちゃんは驚いて言った。

「あ、こんにちは。よくわかりましたね」

「そりゃわかるよ」

「平本さんがいらっしゃるなぁ、とは思ってたんですけど。わたし一人じゃわからないだろうとも思って、声はかけませんでした」

「いや、わかるよ。声かけてよ」

　その後、梨緒ちゃんの休憩時間に少し話をした。

　柴崎みぞれちゃんは大学の学期中から続けているカフェのアルバイトがあるからこちらへは来られないのだという。

「平本さんに会いたがってましたよ。と、そう言っといてって言われました」と梨緒ちゃんは笑顔で言った。

平本さんがいらっしゃるなぁ、とは思ってたんですけど。という敬語を聞いたときから思ってはいたが。中学生から高校生を経て大学生。梨緒ちゃん、大人になった。何か不思議だ。顔自体はほとんど変わらないのに、大人びた雰囲気だけが加わる。

「みぞれ、みつばにカフェができたから人を募集しないかなぁ、とも言ってました。そこでアルバイトができたら楽なのにって」

ということは、今のところカフェ『ノヴェレッテ』は人を募集していないのか、と思った。当面は江島丈房さんが一人でやっていくのかもしれない。失敗はできないと言っていたから、人を雇うのも慎重になるのだろう。でもあのお店に柴崎みぞれちゃんがいたら、ちょっと楽しい。

みぞれちゃんと梨緒ちゃん。高校は別だったが、大学も別だという。みぞれちゃんは東京の私大。梨緒ちゃんはこの近くの国立大。アルバイトの五味くんと同じところだ。といっても、学部は別。梨緒ちゃんは教育学部。小学校の先生になるつもりなのだという。

「すごい」とつい言ってしまった。

「すごくないですよ」と梨緒ちゃんは返した。「手順を踏めば、誰でもなれますし」

「いや、誰でもはなれないでしょ」

「自分でなりたいと思えばなれますよ」

「中学とか高校とかじゃなくて、小学校なんだ？」

「はい。一つのクラスの授業を丸々持つのはいいなと思って。子ども一人一人と距離が近くなれそうだし」

四葉小の栗田友代先生や青野幸子先生や矢沢知恵里先生のことを頭に思い浮かべた。柳沢梨緒ちゃんもあの先生がたのようになってほしい。

次いで、小学校の職員室で柳沢梨緒先生にお茶を入れてもらう自分の姿をも想像した。柳沢先生が入れてくれるのは何茶だろうか、とそんなことまで考えた。

あと、これはたまたまだが。柳沢梨緒ちゃんから、宮島大地《みやじまだいち》くんのことも聞いた。みぞれちゃんと梨緒ちゃんと同い歳。まさに同じ年の職場体験学習に来てくれた宮島くんだ。僕と二人でみつばの配達をした。D棟だから棟はちがうが、梨緒ちゃんと同じみつば南団地に住んでいる。

だからもしかしたらと思って訊いてみた。

「宮島くんがどうしたかは、知らないよね？」

「知ってます。同じ大学ですよ」

「え、そうなの？」

「はい。学部はちがいますけど。宮島くんはホウセイケイです」

法政経、だそうだ。

「コースは、確か経済学だったかな」

「へぇ」

職場体験学習で一緒にみつばをまわったときに聞いた。お昼にコンビニ弁当を食べたみつば第三公園で。

宮島くんは伯母さんと二人で住んでいる。伯母さんは、お母さんのお姉さん。お父さんと離婚して宮島くんを一人で育てていたお母さんは病気で亡くなった。だからそうなったのだ。

気遣いのできる子だった。三日一緒にまわっただけでそれがわかった。

僕はバイク、宮島くんは自転車。常に歩行者の邪魔にならないよう気をつけていた。気をつけてね、と僕が言ったのは、初日の出発前の一度だけ。町に出てからはもう言う必要がなかった。

この宮島大地くんが柴崎みぞれちゃんと同じみつば高校に進んだことは知っていた。それは、みぞれちゃんや梨緒ちゃんに聞いたわけではない。本人に会ったことがあるのだ。そのみつば高校のわきの道で。

そう。あの、みつば高危険ゾーン。区画整理されたみつばで唯一未舗装の道。

僕が一昨年そこで転んだときにたすけてくれたのが、誰あろう宮島くんだ。

土がヌルンときて転倒したその瞬間を、みつば高サッカー部員の宮島くんがたまたまグラウンドから見ていた。転んだのが僕だとその時点でわかっていたわけではない。バイクに乗った郵便配達員が転んだのを目にしただけ。それなのに、泥を洗い流すための水を大きなヤカン二つに入れて持ってきてくれたのだ。

さすがは宮島くん、と感心した。それは高校の敷地内ではない、敷地外で起きたことだ。普通なら関わらない。声をかけもしない。

そんな宮島くんが国立大へ進学。国立なら、たぶん、そこが第一志望だろう。受かってよかった。何だかちょっとうれしい。

そのうれしさも、一つの局に長くいるからこそ味わえたことだ。篠原ふささんで味わったような悲しさもあるが、一方ではこんなうれしさもある。

年賀のアルバイトには、柳沢梨緒ちゃんのほかにもう一人、知っている子が来てくれた。

寺田《てらだ》ありすさん。何故かこちらはさん付け。

ついさっき、アルバイトの女性はほぼ区分を選ぶと言ったが。その、ほぼ、を担うのがこの寺田ありすさんだ。

柳沢梨緒ちゃんや宮島大地くんと同じみつば南団地住まい。宮島くんとは棟まで同じ。ただ、歳は三つちがう。今、高校一年生。

寺田ありすさんは、やはり中二のときの職場体験学習に来てくれた。女子生徒のなかでただ一人配達を希望。美郷さんとともにみつばをまわった。

で、今回のアルバイトでもそちらを希望。男子たちに交じって自転車で配達した。通区をしたのは当然美郷さん。寺田ありすさんが来てくれたことをとても喜んでいた。アルバイトの初日にはもう、来年も再来年も来て、とお願いしていた。再来年は受験だから厳しいかも、と冷静に返され、あ、そうか、じゃ、とりあえず来年も来て、と訂正していた。

寺田ありすさんにはアメリカ人の血が半分流れている。容姿にもそれがはっきり出ている。日本語を流暢に話すのを聞かなければ、たぶん、誰もが外国人だと思ってしまう。でも日本生まれの日本育ちだ。趣味は、おじいさんから教わった釣り。美郷さんからの要望に応え、今度教えますよ、と言っていた。

年賀状の配達は、もちろん、一月一日から。年賀のアルバイトさんは、年末は僕らに代わって通常の郵便物を配達する。そうさせることで、配達に慣れてもらうのだ。本番の一月一日に大量の年賀状を持たされてあせったりしないように。

だから僕ら社員は、アルバイトさんの指導も兼ねて局で区分をすることが多い。ただし、人手が足りない日は配達にも出る。

そんなときに、何度か配達中の寺田ありすさんの姿を見かけた。

寺田ありすさんの担当は、自身が住むみつば南団地があるみつば二区の半分。残りの半分を僕らが持ったりもするので、配達区のなかで見かけることがあるのだ。

寺田ありすさんは、どうしても容姿で目を引いてしまう。通行人のかたがたが、えっ？ と目を向けたりする。それは、まあ、しかたない。僕だってそうしてしまうと思う。何せ、どう見ても外国人の女子が自転車で郵便配達をしているのだから。

さすがに慣れているのだろう。寺田ありすさんにそれらの視線を気にする様子はなかった。相手とはっきり目が合ったときは、自分から頭を下げたりした。軽くでもなく、ちゃんとおじぎという感じに。そうすると、相手も自然と頭を下げ返した。

中二のときからそうだったが。寺田ありすさんには、何というか、強さを感じる。今、十六歳。僕より十五歳も下の女性だが、美郷さんにも感じる敬意のようなものを感じる。それがもしかしたら、さん付けにつながっているのかもしれない。

その年賀期間に、僕自身は、鎌田《かまた》めいさんにカレンダーを届けたりもした。

三十階建てのマンション、ムーンタワーみつば。その最上階に住むおばあちゃんだ。もう八十代半ば。後半寄りの半ば。

一度、ちょうど僕が訪ねた際に体調を崩されたことがある。そのときは近くの二階堂内科医院に付き添った。その後、みつば海浜病院に入院したが、無事退院。今はお元気だ。

お宅に入れてもらったことがあるから知っている。鎌田めいさんは、三〇〇三号室のどの部屋にもカレンダーを掛けている。たぶん、毎年十ぐらいは買っている。何年も前に亡くなったご主人がそうしていたから、ご自身もそうしているのだ。

カレンダーはたいてい大きく、どう包装されても一階の集合ポストに入らなかったりするので、手渡しになることが多い。僕が届けたそれが、その年最後に買ったカレンダーだったらしい。

もうおしまい、のつもりでいたが、年末になって、やっぱりあと一つ買おう、となったのだそうだ。もう充分でしょって、将和《まさかず》にも逸子《いつこ》さんにも言われちゃったよ、とめいさん自身が言っていた。いやんなっちゃうねぇ、と。ちっともいやになってはいない感じで。

将和さんは息子さん。ＩＴ関係の会社を経営している。逸子さんはその奥さんだ。巡り合わせでそうなっただけだが、僕がカレンダーを届けられてよかった。鎌田めいさんの元気な姿を見ると安心する。四葉のおばあちゃん、篠原ふささんは、残念ながら亡くなってしまった。みつばのおばあちゃんは、できる限り長生きしてほしい。一年に十として、カレンダーをあと百は買ってほしい。

それらが、まあ、局関係であったこと。

そしてこちらは個人的なこと。

年末年始には鳥取から父芳郎が帰ってきた。

父は五十九歳。自動車会社に勤めている。四年前に鳥取の工場へ行き、今はそこの工場長だ。

三十日に帰ってきて、三十一日にはいつものように年越し蕎麦をつくってくれた。大晦日にそれを食べて翌元日の配達に向かう。それがここ何年かの僕の、というか平本家の習慣になりつつある。

年越し蕎麦といっても、年越しのタイミングに合わせて食べるのではない。あくまでも夕食。年によって、父は山菜を入れたりとろろ芋を入れたりする。お父さんはもう歳だからそれでいいけど、アキは海老天とかかき揚げとかにするか？　と言ってくれる。同じでいいよ、と僕はそう返す。

今年は同じとろろでも、昆布。とろろ昆布。これはよかった。梅こぶ茶が好きな僕が、とろろ昆布が嫌いなわけがないのだ。食べながら、これはたまきも好きだな、と思った。食べさせてやりたくもなった。

「すごくいいね」と言ったら、

「お、そうか？」と父も喜んでいた。

「何なら毎年これでもいいよ」

「アキは好みがお父さんに近いな。ハルならまちがいなく天ぷらだろ」

「そうだね。冬でも天ざるにしてくれとか言うかも」

実際、春行はそうしたらしい。あとでＬＩＮＥが来た。百波と二人で蕎麦を食べに行ったそうだ。もちろん、個室があるお店。たぶん、超がつく高級店。送られてきた天ざるの写真を見ただけでそれがわかった。天ぷらの衣が、何というか、きらめいていた。

二人が年末を静かに過ごせたようでよかった。相変わらず仲がよくて、それもよかった。まだ結婚してもいないが、この二人は、父と母のように別れてほしくない。

離婚したその父は、今、高校の同級生であった窪田一恵《くぼたかずえ》さんと付き合っている。いや、付き合ってはいないのかもしれない。よくわからない。

二年前にそんなようなことを聞いた。

お父さんが再婚するとしたら、どうだ？　といきなり訊かれ、ちょっとあせった。ただ、よく聞いてみると、すぐに再婚するとか、そういうことではなかった。その時点で再婚する可能性は五パーセントぐらいだと父自身が言った。でも息子に言うということは可能性が五十パーセントであってもおかしくない、と僕は思った。実際、その前の夏には鳥取砂丘を案内したりもしたそうだ。

僕が事実として知っていたのはそこまで。その後何か動きがあったのか、それは知らない。去年は何も訊かなかったし、父も何も言わなかったのだ。親にそんなことは訊きづらい。春行なら普通に訊くかもしれないが、僕は訊けない。

ただ。

今年は少しちがった。僕は自ら父に尋ねた。

何故そうしたのか。たぶん、海藤安二さんや篠原ふささんのことが頭の隅にあったからだ。

父もいつかは亡くなる。海藤安二さんのようにいきなりそうなってしまうことだって、あり得なくはない。たまきの場合と同じ。自分が知れることは知りたい。そんなふうに思ったのだ。

とはいえ、そこは春行のようにはうまくやれない僕。質問はド直球なそれになった。

「あの窪田さんとはどうなったの？」

「どうと言えるほどのことはないよ」と父はあっさり答えた。「前進か後退かで言えば、後退かな」

「どういうこと？」

「窪田さん、北千住のマンションに住んでるって、それは言ったよな？」

「うん。聞いた」

「もうそこは引き払って、山口の実家に戻ったんだよ」

「山口、なの？　実家」

「ああ」

「でも、高校の同級生なんだよね？　お父さんとは」

「そう」

「なのに、山口？」

「窪田さんのお母さんの実家がそこなんだよ。窪田さんが大人になってからは、お母さん、そっちに戻ってたんだな」

「そういうことか」

「それで、体の具合があんまりよくないから、窪田さんが面倒を見ることにした。具合がよくないお母さんを北千住のマンションに呼ぶよりはそうしたほうがいいってことで」

「あぁ。でも、だとすればそれは、前進なんじゃないの？」

「ん？」

「鳥取と山口は近いよね？」

「と、こっちの人間は思うだろ？」父はこう続ける。「遠いんだよ。島根を挟んでるから、隣の県でもないしな。鳥取から岡山に出て新幹線をつかっても四時間はかかるよ」

「そんなに？」

「そう。東京から大阪までのほうがよっぽど早く行ける」

「だとしても、北千住よりはずっと近いよね、山口のほうが」

「まあな」

「そうなってからは、会ったりしてないの？」と突っこんだことを訊いてしまう。

「一度会ったよ」と父はこれにもあっさり答える。

「行ったの？　山口に」

「いや。窪田さんが鳥取に来てくれた。お母さんと一緒に住んでる山口にお父さんが行くのは、変だろ」

「まあ、そうか」

父と窪田さん。母のことを思えば、複雑ではある。でも誰かが父のことを大切に思ってくれるのなら、それはやはりうれしい。

「お父さん、来年は定年だよね」

「ああ」

「そうなったら、どうなるの？　会社は」

「希望すれば再雇用はしてもらえるよ。工場長ではなくなるけどな」

「工場長は一年半で終わりってこと？」

「そうだな。まあ、長年勤めたことへのボーナスみたいな意味合いもあったんだろうよ」

「そんな理由で工場長にはしないでしょ。だって、トップじゃない」

「名目はそうだけど。実質、動くのはもっと若い人たちだからな」

若い人たち。父の口からそんな言葉が出る。父だって、見た目は若いほうだと思う。が、じき六十だもんな、とも思う。若い人、ではもうない。父がこれから言われる、若い、という言葉には、その歳にしては、という前置が付く。

「再雇用の希望は、する？」

「今のところはするつもりだよ。現場作業は好きだからな」

「じゃあ、定年後もしばらくは鳥取にいるっていうこと？」

「そうなるな。アキは、どうなんだ？　異動とか、ないのか？」

「そのうちあるよ」

「でも遠くに行かされたりは、しないんだよな？」

「たぶんね。通える範囲にはしてもらえると思う」

「郵便局はそうなんだな」

「全体を見る上の人たちはちがうだろうけどね」

「あぁ。だろうな」

「僕ら配達員の場合、異動は必要だけど、わざわざ遠くに行かせる必要はないし」

「だったら、異動してもここに住めよ。お父さんも、それなら安心だ。できれば空家にはしたくないからな」

「それはそうだね。空家はすぐに荒れちゃうし。配達してる蜜葉市にもいくつかあるけど、よく思うよ。もうこんなになっちゃうのかって」

「門が錆びたり、庭に草が生えたりな」

「うん。特に草はすごいね。速いよ。半年でもう、庭が草地になっちゃう。不思議だよ。人が住まなくなるだけで、ほんとに変わるから」

みつばはそうでもないが、一軒一軒の敷地が広い四葉ではそうなってしまうことが多い。なかには人の背丈ぐらい伸びる草もある。柵や門の高さを優に超えてしまう。

「ここはもう、何年だ。二十年にはなるよな」

「僕が小四のときからだから、えーと、三月で丸二十二年か」

「そんなか。早いな」

「うん」

「小さかったハルとアキがこんなにも大きくなるわけだ」

「二十年あれば、赤ちゃんだって成人しちゃうからね」

「そうなんだよな。今じゃ一年なんてほんとにあっという間だよ。気がつくとまたここで年越し蕎麦をつくってる。と、そんな感じだな」

「それは、僕もちょっと思うよ。気がつくとまたここで年越し蕎麦を食べてる」

「次の二十年で、アキは五十か」

「五十一、だね」

「お父さんはもういないかもなぁ」

「いや、いるでしょ。まだ八十前なんだから。いてよ」

「うん。いたいな。まだ年越し蕎麦を食ってたいよ」

「そのころにはもう僕がつくってると言いたいけど。まだまだつくっててほしいよ」

「そのころはもうとろろ昆布すらいらなくて、かけ蕎麦かもな」

「それでもいいよ」

そんなことを言い合いながら、二人で蕎麦をすすった。

何だろう。久しぶりに父と話した感じがした。ちゃんと話をした感じがした。

二十年先のことなんてわからない。十年先、いや、五年先だってわからない。近いところで、とりあえずは来年。

来年もこうできればいい。父と話ができればいい。

そう思った。

四葉にはハートマートというスーパーがある。

都内にもあるチェーン店だ。王子とか両国とか瑞江とか、結構渋いところにある。そして四葉にもあるのだからなお渋い。

店自体そこそこ大きいが、みつば駅前にある大型スーパーとはまたちがう。どちらかといえば郊外型だ。

四葉らしく、敷地が広い。立体ではない駐車場があり、建物は横に長い。駅前の大型スーパーのような四階建てなどではなく、屋上までもが駐車場になった一階建て。平屋。その代わり、なかの天井は高い。通路を含め、店全体が広々としている。一度改装され、寝具や衣類まで扱うようになった。

もちろん、僕らはそこにも配達する。

ただし、テナントとして入っている理髪店だの美容室だの携帯電話ショップだのデンタルクリニックだのの一つ一つをまわったりはしない。

これは各スーパーで微妙にちがうのかもしれないが、ハートマート四葉店の場合は、警備室の奥にある総務部の受付で社員さんにまとめて郵便物を渡すだけ。あとはそちらで配付してくれる。営業中の店内を郵便配達員に歩きまわられるとお客さんの邪魔になるからそうしているのだと思う。

一応、テナントごとに郵便物を分けてはいるが、僕らがやるのはそこまで。渡すのはまとめて。だから、配達員として楽は楽だ。多くの郵便物が一気にさばける。

ハートマート四葉店は四葉駅のすぐ近くにあるわけではない。郊外型というくらいだから、少し離れている。

といっても、駅から歩いて十分もかからない。四葉小学校や四葉中学校からもそんなに離れてはいない。それらはどれも住人が行きやすい場所にあるべき。そう考えれば、三つが近いのもわかる。

その四葉小で例によって矢沢知恵里先生に郵便物を渡す。またいずれお茶を、と言ってもらい、ありがとうございます、と返して、校舎沿いをダッシュ。配達を続ける。

大学の冬休み期間、つまり年賀期間はフルでアルバイトに出てくれていた五味くんがまた週一に戻ったので、僕もみつばをまわることが増えた。そんななかでの四葉。今日は美郷さんが休みなのだ。

寒《さむ》、寒《さむ》、寒《さむ》、寒《さむ》。

寒、寒、寒、寒。

と言いつつ。

カチカチカチカチ。

と時には歯も鳴らしつつ。

でもやっぱり緑が多いのはいいよなぁ。みつば中央公園のそれとはちがって、こっちは自然の緑だもんなぁ。緑ではありながら木々の葉が落ちたせいで茶色度が高いのも、それはそれでいいよなぁ。

などと考えつつ、四葉の各家々をまわる。

夏場はクタ～ッとしていた各犬々も冬は元気。来たな郵便屋、とばかりにワンワン吠える。犬によっては、バイクのエンジン音が耳に届いた瞬間に吠えはじめる。でも悪くない。人は不在でも、犬がいてくれれば、その家は生きているように感じられる。

そしてハートマート四葉店へ。

複数ある敷地への入口。通りからは少し引っこんだ位置にあるそこから入り、従業員用駐輪場のわきにバイクを駐める。

エンジンも止めてカギを抜き、キャリーボックスにもカギをかける。

ハンカチで鼻を拭う。夏は額の汗を拭っていたが、冬は鼻水。一度拭い、五秒ほど待って、なお拭う。

冬の鼻水は油断できない。時間差で来るのだ。今はだいじょうぶかな、と思っていると、受付で郵便物を渡すときに、ツツーッと来たりする。

この日の郵便物を手に、従業員通用口から入り、警備室の前を通る。すぐ先の受付に行くだけなので、警備員さんもそこはすんなり通してくれる。

「こんにちは～。郵便局で～す」

「はい、どうも～」

スムーズ。わずか一往復なのに、会話にリズムがある。

その、はい、どうも～、を聞いた直後、パンツのポケットのなかでスマホがブルブルと震える。でもそこは人様の会社内。足を止めて電話に出るわけにはいかないから、スルー。

そのまま進み、数メートル先の受付へ。

そこでも、制服のブルゾンを着た四十代とおぼしき女性社員さんとのあいだでこう。

「こんにちは～。郵便局で～す」

「はい、どうも～。印鑑は」

「だいじょうぶで～す」

配達分を渡し、代わりに差出分を受けとって。

「お預かりしま～す」

「お願いしま～す」

「では失礼しま～す」

「ご苦労さまで～す」

すぐに引き返して再び警備室の前を通り。

「失礼しま～す」

「はい、どうも～」

と、まさにリズムに乗って、配達完了。

従業員通用口から出てバイクのところへ戻る。

念のため、ザッとだが、受けとった郵便物をチェック。宛名がきちんと記載されているか、切手がきちんと貼られているか。

見た感じ、すべて問題なし。番地を書きまちがえられたら僕には気づきようがないが、少なくとも、番地の数字自体の書き忘れは一つもない。

カギを解いてキャリーボックスの蓋を開け、なかにそれらを収める。午後の今は、すでに配達した分のスペースが空いているからちょうどいい。そこにスポッ。

キャリーボックスの蓋を閉め、バイクに乗ろうとして。

あ、そうだった、と気づき、パンツのポケットからスマホを取りだす。

画面の着信履歴にはこう表示されている。みつば局1。

たまに小松課長がもう一つの電話でかけてくることがあり、そちらは、みつば局2、で登録しているのだ。

みつば局1、へ折り返しをかける。

三度のコールのあと、電話はつながる。

「お待たせしました。みつば郵便局集配課小松です」

「もしもし。おつかれさまです。平本ですけど」

「あぁ、平本くん」

「電話を、下さいました？」

「うん。今日、四葉だよね？」

「はい」

「取戻し請求が来た」

「どこですか？」

「えーと、ハートマート」

「え？　今、いますよ」

「終わっちゃった？　配達」

「そうですね。渡しちゃいました」

「そうか。じゃあ、しかたないな」

「渡したばかりではありますけど」

「でもそういうとこはすぐあちこちに配るでしょ」

「ハートマートの、どこ宛ですか？」

「四葉店の総務部」

「あぁ」

まさに受付のあの場所だ。

確かに、いつも僕から郵便物を受けとった社員さんは、すぐにそれらをチェックする。たぶん、自分たち宛に来たものをまず抜き出す。例えば書留に捺印してもらうとき。僕が端末に入力するわずかなあいだに早くもそれをしている。どの社員さんもそう。

さらに小松課長に訊く。

「差出人さんは、何というかたですか？」

「えーと、株式会社アクツショウテンのアクツムネヒコさん」

漢字も教えてもらった。阿久津商店の阿久津《あくつ》宗彦《むねひこ》さん、だ。

「その郵便物があったかどうか、覚えてる？」

「いえ。差出人さんまでは見ないので」

「そうだよな。まあ、配達したなら、いいよ。それはもうしょうがない」

「そう、ですね」

「電話、ありがとう。じゃあ、残りの配達、よろしく」

「はい。失礼します」

電話を切る。スマホをパンツのポケットに戻す。

惜しかった、と思う。もう少し早く電話がかかってきていれば。十秒早かったら、出られていたかもしれない。本当に惜しい。

考えてみる。

そもそも、どんな理由で取戻し請求が出されたのか。

書類の入れ忘れ？　もしくは、入れまちがい？

取戻し請求で実際によくあるのは、こんなだ。

喪中ハガキをもらっていたのについうっかり年賀状を出してしまった、とか。早めに年賀状を出した直後に喪中ハガキが届いた、とか。

そんな年賀状は、取り戻したくなる。後者はしかたないと思えなくもないが、前者は特に。いや、後者でもやはり同じだ。年賀状が届くのは一月一日。早めに出したとしても、それは相手に伝わらないから。

取戻し請求はそう簡単ではない。

差出人さんが思ってしまいがちなことだが。例えば自分が投函したポストの前で待ちかまえ、取集に来た担当者に声をかけても、現物を渡してはもらえない。その場で郵便物を広げたり第三者に見せたりするのは防犯上の危険があるからだ。ほかの人々が出した郵便物までその危険にさらすわけにはいかないし、取集業務に遅れも出る。

電話での請求も、受けつけてはもらえない。当然だろう。それがありになったら、差出人になりすまして郵便物を止めることができてしまう。

ではどうするのか。

窓口での本人確認と請求書の記入が必要になる。ちゃんと記録を残すのだ。その請求書を、差出局が配達局に送信する。

手間もかかるし、時間もかかる。差し出してすぐに、あれっと思わなければ難しい。今日出して、明日やっぱりやめた、では無理かもしれない。

すぐに動いたとして。郵便物がまだ差出局にある場合は、無料で取り戻せる。配達局に向けて出されてしまった場合は、料金がかかる。取り戻せなかったとしても、その料金は戻らない。

そして。配達ずみのものは取り戻せない。すでに配達員が配達に出ていたときも同様。取り戻せない。したがって、絶対に取り戻せるわけではない。

だから、小松課長が僕に電話をかけてくる必要はなかったとも言える。配達員は皆、とっくに配達に出ていたので。

僕はさらに考える。勝手に想像する。

阿久津商店。名前からして、小さな会社かもしれない。阿久津宗彦さんが社長で、従業員は数名。食品なのか、日用品なのか。何を扱っているかは知らないが、たぶん、阿久津商店にとってハートマートは大事な取引先だろう。だから取戻し請求を出したのだ。

同じ四葉にある昭和ライジング工業の件を思いだす。

あれは、美郷さんがみつば局に来てすぐのころ。だからもう五年近く前の話だ。午後、局に昭和ライジング工業から電話がかかってきた。差し出すのではない郵便物を局員が持っていってしまったのではないかというのだ。

配達員は、その日の配達分を受付カウンターに置き、代わりに差出分用の箱に入れられている郵便物を持っていくことになっていた。つまり、ハートマート四葉店への配達と同じような感じだ。

ただ、ハートマート四葉店は手渡しだが、昭和ライジング工業は箱。その箱の近くに郵便物が置かれていたら、これも差出分だろうと持ち帰ってもおかしくはなかった。

その日の四葉担当は美郷さん。その美郷さん自身が電話に出て、持ち帰ったのは箱に入っていたものだけです、と説明した。もし近くにそれらしき郵便物があったのなら声をかけて確認していたはずです、と。それ以上はどうしようもなかった。美郷さんは取戻し請求ができることも伝えたが、先方もそこまではしなかったらしい。

後日、ことの真相を知った。昭和ライジング工業の社員である大滝《おおたき》さんに聞いたのだ。

結局、それは郡司《ぐんじ》さんという部長さんの一人相撲だった。その郵便物、実は郡司さんの机の引出しにあったのだ。郡司さんがカウンターに置いたと勘ちがいしただけの話。

それはとても大事な請求書だったらしい。金額がケタ一つまちがっていたことに、封をしてから気づいた。単なる書きまちがいではあるのだが、数字をごまかして余計にお金をとろうとしたと思われかねないような、変に生々しい額になっていたのだという。

実際にそう思われたら会社の信用問題になる。だから郡司さんはあわてたのだ。そんなミスで大事な取引先を失うことになってはいけないから。

似たようなことでは、もう一つ、市川邦彦《いちかわくにひこ》さんの件も思いだす。

それは四年ほど前の話。場所はやはり四葉。今は四葉自教の益子豊士さんが住んでいるフォーリーフ四葉だ。

その日、そこへの配達を終えた僕はあやしい人影を見た。バイクのミラーにそれが映ったのだ。郵便物を入れたばかりの集合ポストに駆け寄る人の姿が。

配達を終えているのだから、僕にできることはない。でもほうってはおけない。気づかれないようにUターンし、僕は離れたところにバイクを駐めた。そして様子を窺った。

男性は、端に両面テープを付けた定規を集合ポストに挿し入れた。つまり、僕が入れた封書を取りだそうとしていた。二〇三号室、高木志織様宛のそれだ。

二〇三号室は、かつて四葉小の栗田友代先生が住んでいて、今は坂野牧子さんが住んでいる部屋。その二人のあいだに住んでいたのが高木志織さんだ。坂野牧子さん同様、僕が顔までは知らない人。

で、集合ポストに両面テープ付き定規を挿し入れていたのは男性。明らかに高木志織さんではない。配達員として見過ごせない。僕はおそるおそる声をかけた。それが市川邦彦さんだった。当時、四十歳。

取りだした封書を僕に渡した市川邦彦さんの説明によれば。それは、市川邦彦さんが会社の元同僚高木志織さんに出したラヴレターだった。

高木志織さんは前年の四月にこちらの支社へ異動した。親しくはあったが、付き合っていたわけではない。が、そんなふうに離れてしまったことで、市川邦彦さんの高木志織さんへの思いは募った。

結果、お酒の酔いにまかせてラヴレターを書いた。かなり恥ずかしいことも書いた。勢いで、その日のうちに郵便ポストに入れさえした。

翌日、酔いが醒めてから後悔した。うわっ、手紙、出しちゃったぞ、と思った。ストーカーだと思われるんじゃないか、とも思ったそうだ。

だから、東京の日野市から蜜葉市四葉まで回収に出向いた。自分で行かなきゃ間に合わないと。有休をとって。

差出人名は、実際、市川邦彦、となっていた。見せてくれた運転免許証の住所も日野市、封書に記されていたものと同じだった。

とはいえ。高木志織さんの郵便受けに入っているからには高木志織さんのもの。何なら通報しても責められないようなことだ。集合ポストに定規を挿し入れた瞬間に一一〇番、でもよかったようなことだ。

通報は、しなかった。峰崎隆由さんの空巣のときはしたが、このときはしなかった。ダメはダメ。でもこれは事情を知った僕の責任において処理していいこと。そんなふうに思った。

だから僕は、こういうことはもう二度としないでくださいと言ったうえで、封書を市川邦彦さんに返した。そのほうが受取人の高木志織さんの利益になると判断したからだ。

正しいことではなかったかもしれない。でもまちがいでもなかったと僕は思っている。

そう思わせてくれることも、現実にあった。市川邦彦さんから僕に、みつば郵便局、ヒラモト様、というざっくりした宛名の手紙が届いたのだ。

お詫びと報告を兼ねた手紙。それによれば。市川邦彦さんは、あのあと高木志織さんに年賀状を出した。ラヴレターならぬラヴ年賀。実は、思いつきで僕が勧めていたのだ。シンプルに年賀状を出すのはどうかと。そこにサラッと、明けまして愛してます、と書いてしまうのはどうかと。

場を和ませるための冗談として言っただけ。でも市川邦彦さんはそれを実行した。そして高木志織さんから電話をもらったらしい。苦情の電話ではない。一言で言えば、いい電話。市川さん、本当にやったのか、と驚くと同時に、よかった、と思った。

で、今だ。

今のこれ、阿久津宗彦さんの件は、市川邦彦さんの件とはちがう。まったくちがう。

が。考え方は同じでいいような気がする。誰の利益になるか、だ。

差出人さんと受取人さんを天秤にかける、というような話ではない。どちらかの利益を優先したらどちらかが不利益を被るというなら、ルールどおりにやるだけ。でもどちらの不利益にもならず、どちらかの利益になるのなら、そこは融通を利かせてもいい。まさに僕の責任において。

一番簡単なのは、何もしないことだ。そのままにしておき、僕自身、そのまま忘れてしまうこと。

ただ。

阿久津宗彦さんが取戻し請求をしたのは、何か不備があったからだろう。ミスをカバーしたかったからだろう。小松課長が僕に電話をかけてきたのも、取り戻せるなら取り戻したいと思ったからだ。差出人さんの期待に応えたいと思ったからだ。

配達は完了してしまった。僕に取り戻す義務はない。

そう自分に言い聞かせてバイクに乗り、カギ穴にカギを挿す。

挿すだけ。右にまわしはしない。すぐに抜く。

バイクから降り、ヘルメットをとる。それをキャリーボックスに入れ、カギをかける。

ふうっと息を吐き、ハンカチで鼻を拭う。

そして僕は小走りに従業員通用口へ向かう。そこから入り、警備室の前へ。

「こんにちは～。郵便局で～す」と言うのはさっきと同じ。

でも今回はそこで立ち止まり、なかの警備員さんに向けてこう続ける。

「すいません、ちょっと確認したいことがありまして。もう一度、いいですか？」

「はい、どうぞ～」

「どうも」

通路を歩き、再び総務部の受付へ。

おっと思う。僕が渡した郵便物の束がまだカウンターに置かれている。

女性社員さんがチェックしたのかは不明。でもそれはいい。

もちろん、ちゃんと声はかける。

「度々すいません。郵便局です」

すぐそこのデスクで何やら作業をしている女性社員さんが僕を見て、言う。

「はい」

「お渡しした郵便物、もしかしたら宛名がちがうものが交ざっていたかもしれませんので、確認させていただいてもよろしいですか？」

「どうぞ」

女性社員さんは作業に戻る。

僕は僕でその確認作業をする。それはその場でする。

五秒で発見。

阿久津商店　阿久津宗彦
裏にそう書かれた封書。

「すいません。ありました」と僕はその封書を掲げ、女性社員さんに見せる。

「あ、そうですか」

「たすかりました。ありがとうございます。こちらは引きとらせていただきます」

「は～い」

「ご迷惑をおかけしました。失礼します」

「どうも～」

一礼し、引き返す。

短い通路を歩き、警備室の前を通る。

「ありがとうございました。失礼しま～す」

「はい、どうも～」

従業員通用口から外に出る。

取戻し、完了。

よかった。あっさり取り戻せた。

そのあっさりが大事。ハートマート四葉店さんに大きな迷惑をかけなかったことが大事。

ちょっとごまかした感じもなくはない。いや、はっきりと、ごまかした。宛名がちがうものが交ざっていたわけではないから。

でも後悔はない。自分の判断にまちがいはなかったと確信できる。実はまちがいだったとしても、その責任はとれる。

すぐに小松課長に報告の電話をかける。

またも三度のコールのあと。

「お待たせしました。みつば郵便局集配課小松です」

「もしもし。課長、平本です」

「あぁ。何、どうした？」

「取戻し、できました」

「え、ほんとに？」

「はい。まだ処理されてなかったので」

「そうか。ならよかった」

「一応、ご報告しておこうと」

「了解。ありがとう」

「局に戻ったら渡します」

「うん。頼むわ」

「じゃ、失礼します」

「たすかったよ。残り、がんばって」

「はい」

　電話を切る。

　これですべて終了。

　ふうぅぅっとさっきよりも長く息を吐く。

　ヘルメットをかぶってバイクに乗り、今度こそエンジンをかけて、出発。ハートマート四葉店の敷地から出る。

　ハートマート自体が大きいから、次の配達先までは少し距離がある。車道をしばらく走る。

　気分はいいが、やはり寒いことは寒い。

　寒、寒、寒、寒。

　寒、寒、寒、寒。

　歯もすぐに鳴る。

カチカチカチカチ。

カチカチカチカチ。

いい気分のまま今日のランチはバー『ソーアン』でアボカドバーガー、といきたいところだが、給料日までまだ間があるので、そこは節約。同じ駅前の牛丼屋さんに流れる。牛丼並のサラダセットを頂く。

そして食後も順調に配達をすませ、コンビニで微糖の缶コーヒーを買って、神社へ。

コンビニからそこまではバイクで二分。その二分でも、コーヒーの温度は何度か下がる。冬、恐るべし。

木のベンチに座って、午後の休憩に入る。

神社の敷地は大して広くない。みつば第二公園や第三公園と同じくらい。でも大きな木々に囲まれているからか、少し狭く感じる。その木々のせいで陽はあまり届かないが、その代わり風は遮られる。

手袋を外し、缶を素手で持つ。手のひらを温める。逆に熱すぎてジンジンするが、それがまた心地いい。

クシッとタブを開けて、コーヒーを一口飲む。

微糖。その好みは二十代から変わらない。自宅や店で飲むコーヒーに砂糖は入れない。でも缶コーヒーなら微糖がちょうどいい。

神社とコーヒーで心が落ちついたのか、あ、そうだ、と思い、仕事の邪魔になるかな、とも思いつつ、たまきにＬＩＮＥのメッセージを送る。

〈ハートマートって、日本語にすると何？〉

予想外。返事はすぐに来る。

〈ハートは心でマートは市場。この場合は、心の小売店、という感じではないでしょうか。ハートフルなお店、とでもいうような〉

かしこまった言葉。ややふざけているのがわかる。

また送る。

〈ごめん。邪魔だった？〉

〈邪魔じゃない。ちょうど休憩中。お茶飲んでた。梅こぶ茶〉

〈おぉ。梅こぶ茶。こっちは缶コーヒー〉

〈いつもの微糖だ。今井さんもくれるやつ〉

〈そう〉

〈微糖って言葉、何かいいよね〉

〈いいね〉

〈英語に訳すのは難しいよ。ニュアンスがうまく伝わらなそう〉

〈わかる。ような気がする〉

〈それをどう訳すかが、翻訳家の腕の見せどころ。って、腕、ないけど〉

〈いや、あるでしょ。なきゃここまでやれてないよ〉

〈お、カレシにほめられた。ちょっとうれしい。アキも休憩中？〉

〈休憩中〉

〈最後まで気をつけてね。転んだりしないように〉

〈了解。たまきも最後まで全力で訳して〉

〈了解。ではまた週末に〉

〈週末に〉

以上。やりとりはおしまい。

でもスマホをすぐにはポケットに戻さず、さかのぼって、見る。微糖の缶コーヒーを飲みながら。

この言葉が目に留まる。

心の小売店。

いい言葉だ。

心を切り売りしている、と一瞬とられそうだが。

だとしても、いい。

人のために身を削れる、という意味でもあるのなら。

次に四葉の配達をしたのは、翌週の土曜日。ちょっと間が空いた。土曜の四葉は久しぶり。美郷さんが休みなのでそうなった。

で、土曜の四葉は、今井貴哉くんと顔を合わせる可能性が高い。今井さんのお孫さんだ。小学六年生。

貴哉くんも、別に僕が来るのを待ちかまえているわけではない。が、庭にバイクが入ってくれば気づくから、郵便物を受けとるために出てきてくれたりする。

今日も僕は、その広い庭にバイクで入っていく。

貴哉くんは初めから外にいる。こちらに背を向け、玄関の前に立っている。すぐに振り向いて、言う。

「あ、郵便屋さん」

「こんにちは」

「こんにちは」

貴哉くんの前でバイクを停め、郵便物を渡す。

「はい。今日はこれね」

今井博利様宛と今井容子様宛の封書。二通。

「ハンコいるのはない?」

「ないよ」

「おじいちゃんとお母さんは今いないんだけど」

「そう。じゃあ、渡しておいて」

「うん」

「貴哉くんは今帰ってきたの?」

「いや、出かけるとこ」

「あ、そうなんだ。ごめん。じゃあ、郵便受けに入れとく?」

「ううん。もらっとく」と言って、貴哉くんは手持ちのカギで玄関のドアを開ける。

「郵便屋さん、缶コーヒー飲むよね?」

「いや、いいよいいよ。すぐ行くから」

「飲んでいきなよ。ぼくは急がないから」

「でも、出かけるとこなんでしょ?」

「そうだけど、だいじょうぶ。ちょっと待ってて」

貴哉くんは家に入って二通の封書を置き、代わりに二本の缶コーヒーを手に戻ってくる。今井家仕様のホット。専用の保温庫で温められたそれだ。しかも微糖タイプ。いつも僕が飲んでいるのと銘柄まで同じ。今井さんもそれが好きなのだ。

「はい、これ」

「ほんとにいいの？」

「いいよ」

「ありがとう」と受けとり、ここにはいない今井さんにも言うもりで言う。「いつもすいません」

在宅しているのは貴哉くんのみ。なのに缶コーヒーをもらう。こんなことは初めてだ。無理に出させたみたいで、ちょっと罪悪感がある。

バイクから降り、ヘルメットをとって、シートに置く。

そして貴哉くんと二人、庭の隅へ移動。青い横長のベンチに座る。

四葉は高台。ここはその端だから、見晴らしがいい。国道の向こうのみつばの町が見渡せる。三十階建てのムーンタワーみつばはもうくっきり見える。あの一番上に鎌田めいさんがいるのだな、と思う。

貴哉くんがクシッとタブを開け、コーヒーを一口飲む。

「じゃあ、いただきます」と言って、僕も続く。

「いただきます」と貴哉くんもそこで言う。笑ってこう続ける。「言うの忘れてた」

その言葉に僕も笑う。

たぶん、いただきますやごちそうさまは必ず言いなさい、と今井さんに言われているわけではない。今井さんもこれまでに何度かは言ったはずだが、いつも言うわけではないだろう。貴哉くんが普段の今井さんを見て学んだのだ。

そう。ほうっておいても、神の孫は神になる。

貴哉くん、低学年のころはマンゴージュースやグアバジュースを好んでいたが、四年生のころから今井さんと同じ微糖の缶コーヒーを飲むようになった。

「いやぁ、寒いねぇ。貴哉くん、インフルエンザとか、だいじょうぶ？」

「うん。ぼくはまだ一度もなったことないよ、インフルエンザ」

「そうか」

「外から帰ったら手を洗いなさいって、お母さんに言われてるしね。あと、ものを飲んだり食べたりする前とか」

「それを、ちゃんとやってるんだ？」

「うん。できるときは」

僕もできるときはやりたいが、なかなかできない。特に配達中、外でご飯を食べるときは、水道が近くにあれば手を洗うが、なければ洗わない。コンビニでくれるお手拭きですませてしまう。

「でもダメなときはダメだろうけどね」と貴哉くんが言う。

「ん？」

「インフルエンザって、ウイルスでしょ？　なるときは、なっちゃうよね。マスクとかしても、防げはしないみたいだし。インフルエンザにかかった人がすれば、ウイルスを撒き散らさない効果はあるみたいだけど。って、お母さんが言ってた。でもできることはしなさい、手は洗いなさいって」

「貴哉くんが実際にこれまでインフルエンザにかかってないなら、正しいんだろうね。手は洗うべきなんだね」

「うん。今は洗ってないけど」

「あ、僕もそうだ」

「飲んじゃったからもういいよ」と貴哉くんが笑い、

「そうだね」と僕も笑う。

　二月半ばすぎ。この時期の貴哉くんとは、チョコの話になることが多い。バレンタインデーのチョコレートだ。

　それこそ低学年のころから貴哉くんがその話をしてくれたので、何となく毎年するようになっている。高学年になったらしてくれなくなるかと思ったが、そんなこともなかった。五年生の去年もしてくれた。貴哉くん、神は神だが、お堅くはないのだ。

だから自分から訊いてしまう。

「今年はチョコもらった？」

「もらってない」

「え、そうなの？」

「うん」

マズいことを訊いてしまったか、と思う。

でも貴哉くんはこともなげに言う。

「今年はバレンタインデーが日曜だったし」

「あ、そうか。そうなんだね」

「それに、何ていうか、もうそんな感じでもなくて」

「ん？　どういうこと？」

「女子も男子も、何か照れくさいみたいな」

「あぁ」

「チョコをあげた女子も何人かいたけど。それも、義理チョコだからってはっきり言って渡す感じ」

小六。わからないでもない。要するに、大人への初めの大きな一歩を踏みだしたのだ。すでに踏みだしていたであろう女子に続いて男子も。

踏みだした途端に止まってしまうというのもおかしな話だが。これはいわば小休止。中学生になれば、まちがいなく新章が始まる。苦悩も始まる。喜びと表裏一体の苦悩。いや、喜びと渾然一体の苦労、か。

僕の父と窪田一恵さんを例に挙げるまでもない。人の恋路は長い。下手をすれば一生続く。もう色恋はいいと言う高齢者のかたがただって、新たに誰かを好きになったりはしないだけ。好きな人を嫌いになるわけではない。

「義理チョコをあげた子たちは、休み明けの月曜日にあげたの？」

「そう」

「その義理チョコも、貴哉くんはもらってないの？」

「うん。ぼくへの義理はなかったみたい」と貴哉くんは笑う。

その余裕。カッコいい。

「郵便屋さんはもらった？」と逆に訊かれ、

「うん。一個」と正直に答える。

「義理チョコ？」

「義理では、ないのかな」

「本命チョコってこと？」

「まあ、そう」

「あ、そうか。郵便屋さんはカノジョいるもんね。カーサみつばの人」

「うん」

今井さんが大家さんだから、貴哉くんも知っているのだ。そこに住むたまきが僕のカノジョであることは。

どうしようかな、と思いつつも、訊いてしまう。

「曽根弥生《そねやよい》ちゃんからも、もらってないんだ？」

「うん。今年は日曜だからなしって言ってた。学校がある日ならあげたけどって」

そうも言ってたなら、よかった。

曽根弥生ちゃんは、貴哉くんが低学年のころから好きだった子だ。一昨年、初めてチョコをもらった。と、僕はそこまで知っている。

「四月からは離れちゃうんだけどね」

「え？」

「曽根弥生ちゃん」

「そうなの？」

「そう」

「引っ越しちゃうの？」

「じゃなくて。私立の中学に行く。試験に受かったから」

「あぁ。そうなんだ。すごいね」

「うん。すごい」

「すごいけど、残念だね」

「残念ではないよ。受かってほしかったし。落ちたら同じ四葉中に行けたけど、やっぱり受かってよかった」

貴哉くん、大人。一歩踏みだすどころではない。もうすでに大人。

「でも、ちょっとさびしくない？」

「さびしいけど、別に引っ越すわけじゃないし」

それは確かにそう。ただ、引っ越さなくても、学校がちがえば距離はできてしまう。十代前半。その歳では、やはり学校がすべてだから。

いや、でも。今はスマホがあるから、そんなでもないのか。

と思っていたら、貴哉くんがまさにその言葉を出す。

「中学になったらスマホを持てるから、ＬＩＮＥやろうって言ってるよ」

「中学から、なんだ？」

「うん。もう持ってる子もいるけど、ウチは中学から。お母さんが決めた。おじいちゃんは六年生からでもいいんじゃないかって言ってくれたんだけど、お母さんが、いや、ダメ、中学からって。お父さんは貴哉に甘いって、おじいちゃん、お母さんに怒られてた」

その言葉につい笑う。神も怒られるのだ。娘に。女神に。

「貴哉くんは私立中学に行こうと思わなかったの？」

「行きたいならいいよって、去年お母さんに言われたけど。四葉中でいいよって言った」

お母さん、容子さん。行きなさい、ではなく、行きたいかを子ども自身に訊くのはいい。まあ、そう訊かれたら、たいていの子は貴哉くんと同じことを言うだろう。それまで一緒に過ごした友だちと離れるのはつらいから。それを考えれば、この歳の子の道を定めてやるのは親の務めでもあるのかもしれない。だとしても、ちゃんと訊くのはいい。

「でも」と貴哉くんが言い、

「ん？」と僕が言う。

「曽根弥生ちゃんが私立を受けるって聞いてからは、やっぱりぼくも受けようかって、ちょっと思ったけどね」

「同じ中学をってこと？」

「うん」

貴哉くんが缶コーヒーを飲む。

僕も飲む。

微糖。微かに甘い。ということはつまり、苦くもある。

「あぁ。何にしても、貴哉くん、四月からは中学生か。早いな」

「早くないよ。いや、でも、早いか」

「中学に行ったらさ、何か部活とかやるの？」

「鶴田《つるた》くんとサッカー部に入ろうかと思ってたけど、今は吹奏楽部もいいかと思ってるよ」

「おぉ。すごい二つで迷うね」

「サッカーは好きだけど、中学からじゃ遅いような気もするし。鶴田くんはクラブでやってたけど」

「そうなんだ」

鶴田優登《ゆうと》くん。貴哉くんと仲がいい友だちだ。

「貴哉ならだいじょうぶだって鶴田くんは言うけど、やってる人たちにはかなわないしね。だったら楽器を始めてみるのもいいかなって思った。周りは女子ばっかりになるかもしれないけど」

女子に囲まれた貴哉くん。喜びと苦悩が見える。

「いいね。楽器ができるのはいいよ。僕なんか何もできない。小学校の合奏コンクールではいつもたて笛だったし。しかもちょっとごまかして吹いてたし」

「ぼくもそうだよ。でもさ、それは、やらされてたからだと思うんだよね。自分でやりたいと思えば、ちょっとはちがうのかも」

貴哉くん、やっぱりすごい。やっぱり大人。いずれは吹奏楽部長にだってなるかもしれない。

午後の休憩は十五分。そろそろだろうと思い、僕は缶コーヒーを飲み干す。

「じゃあ、もう行くね。ごちそうさま。ほんと、いつもありがとう。いないあいだにお邪魔しちゃってすいませんて、今井さんに言っておいて」

「ぼくが誘ったんだからだいじょうぶだよ。でも言っとく。じゃ、はい、缶」

そう言って、貴哉くんがこちらへ手を伸ばす。

「ごめん。ありがと」と空缶を渡す。

「ぼくが中学に行ってからも、遠慮しないで来てね」

「あぁ。うん」

「おじいちゃんもお母さんも、来てほしがってるし」

「いや、ほしがってはいないでしょ」

「ほしがってるよ」

「まあ、郵便物がある限り、配達には必ず来るよ」

「うん」

二人、ベンチから立ち上がり、玄関のほうへ。

僕はヘルメットをかぶり、バイクに乗る。

「出かけるとこだったのに、悪かったね」

「いいよ」

「じゃあ」

「じゃあ」

エンジンをかけ、バイクを出す。

質の高い休憩、終了。

このあと、僕がいい気分で配達を終えたのは言うまでもない。

そして。

その日はカーサみつばのたまきの部屋に泊まっての、翌日曜。

たまきと二人でカフェ『ノヴェレッテ』に行くことになった。

神の孫の貴哉くんが曽根弥生ちゃんにバレンタインデーのチョコレートをもらえなかったのに、才人の弟ではあるが凡人でしかない僕はたまきにもらってしまった。それは貴哉くんにも話したとおり。

そのチョコのお返しにということで、朝、僕が思いついたのだ。で、お昼は軽めにしてカフェ『ノヴェレッテ』に行こうよ、と提案した。『ノヴェレッテ』から『ソーアン』へという魅力的なコースは次の土曜にして、まずは『ノヴェレッテ』に行こう、おごるから、と。

午後三時に二人でカーサみつばを出た。みつば中央公園を少しぶらぶらしてから、カフェ『ノヴェレッテ』へ。

入店したのは午後三時半。お客さんは三組いた。

たまきによれば、平日はもっといることもあるという。それは僕も配達中に感じていた。案外入ってるんだな、と。

たまきと僕は窓際のテーブル席に座った。市役所通りに面した席だ。外にはまず広い歩道があり、その向こうが車道、という。

店には、江島丈房さんのほか、若いウェイトレスさんがいた。白のブラウスに黒のロングスカート。それが内装の白によく似合っている。たぶん、大学生ぐらい。残念ながら、柴崎みぞれちゃんではない。

そのウェイトレスさんに、たまきはカプチーノとモンブラン、僕はグァテマラといちごのタルトを頼んだ。

いちごのタルトは、たまきからの要望でもある。モンブランもいちごのタルトも食べたいが、さすがに二つはよくない。だからアキがいちごのタルトを頼んでちょっとだけ分けてくれるとありがたい。ということで、僕がそれを頼んだ。

実は僕、フォーリーフ四葉に住む増田佳世子さんのブログを見てもいた。かよかよマヨママヨ、だ。そこで増田さんもいちごのタルトを絶賛していた。だから食べてみたくもあったのだ。

ついでに言うと。増田佳世子さんは、バー『ソーアン』を訪ねてもいた。アボカドバーガーも絶賛していた。マヨネーズも、たっぷり付けてもらったらしい。

注文をすませると、僕はたまきに言った。

「ケーキ、二つ食べればいいのに」

「いや、二つはダメでしょ。食べたいけどダメ。そこは自制。おごってあげると言われても自制」

十分ほどして、ウェイトレスさんがコーヒーとケーキを運んできた。

「お待たせしました」

それぞれの前にカップと皿が置かれる。

いちごのタルトは、丸いタルト生地の上にいちごが丸々三つ載っている。すごい。いちごのタルトというよりは、いちごとタルト。

たまきのモンブランは、茶色が濃いタイプだ。こちらも、頂にどっしりした栗が載っている。その栗は焦げ茶。

「ごゆっくりどうぞ」

ウェイトレスさんはカウンターのほうへ去っていく。

「おいしそうだね」と僕が言い、

「そうなのよ。どっちもおいしいのよ」とたまきが言う。

「ではいただきます」

「いただきます」

まずはコーヒーを一口飲み、それからケーキを食べる。

コーヒーはおいしい。いちごのタルトも負けずにおいしい。タルト生地が、思った以上にがっしりしている。僕好みだ。

いちごは三つのうちの一つをたまきにあげた。あとは、タルト生地も少々。

たまきがそれらをあまりにもおいしそうに食べるのを見て、言う。

「いちご、もう一ついいよ」

「いや、いいよ。わたしが二つ食べたら、過半数を超えちゃうじゃない」

「過半数って」

「アキもモンブラン、ちょっと食べて。わたしが一方的にカレシの食べものを奪う食いしん坊カノジョみたいになっちゃうから」

「じゃあ、ちょっと」

クリームの部分をフォークで少しとって、頂く。

僕が子どものころに食べていた、栗もクリームも黄色いあのモンブランとは微妙にちがう。

「へぇ。今、モンブランてこんななんだ。おいしいね」

「スイーツも日々進化するからね」

そうなのだろう。進化には、対応しなければならない。でも何かが進化することで、すでに充分よかったものが淘汰されるのだとしたら、それはちょっと悲しい。

幸い、黄色モンブランは淘汰されていないようだが。

そんなこんなで、たまきと僕が日曜の午後をまったり過ごしていると。そこへ江島丈房さんがやってくる。カウンターのなかから出てきたのだ。三組が相次いで引きあげ、お客が僕らだけになったから。

テーブルのわきで立ち止まり、江島さんは言う。

「こんにちは。いらっしゃいませ」

今や常連となったたまきに言ったのだろうと思ったら。僕の顔を見ている。

「郵便屋さんですよね？」

「え？　あ、えーと、わかりますか」

「わかりますよ」

「制服を着てないと、そんなには気づかれないんですけどね」

「前に一度お話をしてますし。それに、何というか、そのお顔ですし」

「そりゃ気づきますよね」とたまきが言う。

「お店に入ってこられたときから、あれっと思ってました。うれしかったですよ、本当に来てくださったんだと。で、驚きました。お客さまとご一緒だったので」

お客さまというのは、たまきのことだ。それは、まあ、驚くだろう。これまで一人で来ていた常連客が、私服姿の郵便屋を連れてきたのだから。

「なかなか来られなくてすいません」と僕は言う。「来るのに一年近くかかってしまいました」

「いえいえ。来ていただけてうれしいです。今日はお休み、なんですよね？」

「はい。だからコーヒーとケーキを頂きに行こうかと。どちらもおいしいと聞いてましたので」

「ありがとうございます」

「言ったのはわたしですけどね」とたまき。

「あの、お二人は」

「付き合ってます。この人、郵便屋さんにしてわたしのカレシです」

「あぁ、そうでしたか。それはそれは。まさかです」

「これからもまちがいなく来させてもらうんで、名乗りますね。わたしは三好たまき。こっちは平本秋宏です」

「ご丁寧にどうも。ぼくは江島といいます。郵便屋さん、じゃなくて平本さんには、名刺をお渡ししましたっけ」

「はい。頂いてます」

「では三好さんにも」

江島さんはエプロンのポケットから取りだしたそれをたまきに渡す。

「ありがとうございます」たまきはその名刺を見て言う。「江島、丈房さん」

「はい。たまにエトウと読まれます」

「あぁ。五島列島のゴトウさんみたいに」

「そうですね。そちらの場合はゴジマさんやゴシマさんよりゴトウさんのほうが多いような気がしますが、ぼくはエジマです。エシマではなく、エジマ。にごります」

「店員さんを、雇われたんですね」とこれは僕。

「はい。ありがたいことに、一人では手がまわらなくなってきたので。ここは無理せず、お願いしようと。失敗できないからという理由で無理をするのはマイナスかと思いまして」

「お店は、難しそうですもんね」とたまき。

「難しいです。手探りでやってます。決めてるのは、妻に負担をかけないということだけですよ」

「あ、いらっしゃるんですか。奥さん」

「はい。この店にはまったく絡んでないですけどね。会社に勤めてます。ここは、僕がどうしてもやりたかったから始めました。前は同じく会社に勤めてたんですけど」

「やめたんですか?」

「はい。妻がよく許してくれたと思いますよ。初め、僕がカフェをやりたいと言ったときはすごく驚いてましたけどね。反対もしましたし」

「うーん。そうなっちゃいますよね。たぶん」

奥さん。名前は沙由子《さゆこ》さん。江島さんより三歳下だという。

「でも最終的には沙由子も、あなた自身でやれる範囲でどうにかしてくれるならやってみてもいい、と言ってくれたんですよ」

「へぇ。沙由子さん、立派」とたまき。「わたしならそう言えるかなぁ。自分もフリーで仕事をしてるから、ダメと言える立場ではないし。でもだからこそ、あなたはやめて、と言っちゃうかも」

「三好さん、フリーでお仕事をなさってるんですか」

「はい。細々と翻訳をやってます。自宅で」

「あぁ、なるほど。だから平日もよく来ていただけるんですね」

「息抜きに中央公園をちょっと散歩して、それから来ます。だから、このお店ができてくれてほんとにうれしいんですよ。こんな言い方はあれですけど、絶対になくならないでほしいです。なのでこれからも来ます」

「そう言っていただけるとぼくもうれしいです。ありがとうございます」

「わたしと同じことを思ってるかたは、たくさんいらっしゃると思いますよ」たまきはふざけて言う。「郵便屋さんだって、思うでしょ？」

「思います」と応じる。「実際、配達先で、こちらのお店の話になることがよくありますよ。カフェができたらしいけど場所はどこ？　と訊かれたり。すごくいいお店ですよ、と教えてもらったり」

「あぁ。それは本当にうれしいですね。沙由子にも伝えます。ちょっとでも安心してほしいので」

たまきがカプチーノを一口飲んで、言う。

「あ、わたし、これ、これ好き」

これ。店内で今流れている音楽だ。ピアノ独奏曲。

「『メランコリー』ですよね？」とたまきが江島さんに言う。

「はい。ぼくは『幻の舞踏会』が好きですよ」

「わかります。二分ぐらいの短い曲。それも好き」

「この次にかかりますよ。自分で編集してるので」

そこでガラスのドアが開き、お客さんが一人入ってくる。五十代ぐらいの男性だ。

「いらっしゃいませ。お好きなお席へどうぞ」と江島さんが声をかけ、次いで僕らに言う。「お邪魔しました。ごゆっくり。これからもよろしくお願いします」

「こちらこそ」と僕が言い、

「よろしくお願いします」とたまきが言う。

江島さんはカウンターへと戻っていく。

男性客は二人掛けのテーブル席に着く。

すぐにウェイトレスさんがお冷やを運んでいく。

そして曲が替わる。

「プーランクの『八つのノクターン』第四番『幻の舞踏会』」とたまきが解説する。「ノクターンは、ヤソウキョクっていう意味。夜を想う曲で、夜想曲」

静かで幻想的な曲だ。印象に残る。耳に残る。

日曜の昼に夜想曲。悪くない。昼にだって、夜のことは想える。

みつばのカフェ。

本当になくならないでほしい。たまきが好きなカフェ、という意味でも、絶対になくならないでほしい。

何故か唐突に片岡泉さんと木村輝伸さんのことを思いだす。言う。

「ねぇ、たまき」

「ん？」

「ロンドンには行かないでね」

「は？　何それ」


やはり一年が過ぎるのは早い。三十代に入り、確かに早くなった。四月だと思っていたら、もう三月。年度末。

暑、暑、暑、暑、も、寒、寒、寒、寒、も、その時々に言ったはずだが。今となってはそれが幻だったような気もする。春夏秋冬はちゃんと巡ったのか。どこかで端折《はしょ》られたりはしてないのか。

と、そんなことを考えながら、みつば一区の配達を終え、局に戻る。

いつものように転送と還付の処理をすませたところで定時。

谷さんに言われる。

「平本、コーヒー行く？」

「あ、行きます」

ロッカールームで制服から私服に着替え、二人で休憩所へ。

自販機でともにいつもの微糖缶コーヒーを買い、いつもの奥の席に座る。谷さんが窓を見る側、僕がその向かい。

それぞれにクシッとタブを開け、コーヒーを一口飲む。

と、そこへ美郷さんもやってくる。自販機でペットボトルの緑茶を買い、合流。谷さんの隣、僕のななめ向かいに座る。

「おつかれ」と僕が言い、

「おつかれ」と美郷さんも言う。

明日、谷さんは仕事。美郷さんだけが休み。でもこれからデートなのかもしれない。

と思っていたら、いきなり谷さんが言う。

「おれ、異動すんだよ」

「え？」

「この四月で」

「ほんとですか？」

「ああ」

「もうわかってるんですか？」

「わかってる。自分から言ったし」

「自分からって。異動願いを出したってことですか？」

「それとはちょっとちがうな。似てるけど」

「どういうことですか？」

「課長には早めに言ったんだよ。四月に間に合わなかったら悪いから」

「よくわかんないですけど」

「まどろっこしいよ」と美郷さんが口を挟む。「ちゃんと言いなよ」

「お前言って」

「ダメ。ほら、自分で言う」

「何ですか？」と僕。

首筋を指でぽりぽり掻いて、谷さんが言う。

「結婚すんだよ、おれ」

「おれだけかい」と美郷さん。

「おれたち」と谷さんは言い直す。

「ほんとに？」と僕が美郷さんに尋ねる。

「ほんとに」美郷さんは説明する。「局員同士で結婚すると、どっちかが異動になるでしょ？　だからこの人が早めに課長に言ったの。ほら、四月をまたぐと次までは間があって、迷惑をかけちゃうし」

「あぁ。そういうこと」

「そういうこと」

「谷さんが、なんですよね？　異動」

「ああ。先にいたのはおれだからな。追い出されるみたいな形じゃなく、自分で出ていくのは初めてだよ。いいもんだな、追い出されないのは」

「別に追い出されたわけじゃないですよね、どの局でも」と僕。

「いや。まちがいなく追い出されてるよ。そこは自信がある」

「そんな自信持たなくていいよ」と美郷さん。「これからは仕事そのもので自信を持って。木下さんより配達が速いって言えるくらいの自信」

その名前がぽんと出てきて驚く。前にこの局にいた木下大輔さんだ。ワールドカップを狙える人。そして、谷さんを殴った人。

美郷さんもそのことを知っていたらしい。もしかしたら、谷さんが自分で話したのかもしれない。

「木下さんとこの人」と美郷さんが僕に言う。「今はＬＩＮＥでつながってるよ」

「え、そうなんですか？」と谷さんに尋ねる。

「そう」と答えるのは美郷さん。「たまにやりとりしてる。ほんとにたまにだけど。ね？」

「お前、全部言っちゃうのな」と谷さん。

「平本くんにだからだよ」そして美郷さんはまた僕に言う。「わたしが前いた局にね、木下さんと同期の人がいたの。その人に連絡をとってもらって、ＩＤを聞いた」

「美郷さんが？」

「うん。ほっといたら、この人、そういうことしないから」

「普通、自分を殴ったやつと連絡とんないだろ」

「自分が悪いから殴られたんじゃない。わたしが木下さんだとしても殴ってたよ」

「すごいですね、木下さん」と僕。「ＬＩＮＥとか、やるんだ」

「すごいのはそこ？」と美郷さん。

「いや、だって、ＳＮＳとかやらなそうだし」

「そのために始めてくれたみたいよ。電話で話したりするのも何だからっていう感じで」

「おぉ。それもすごい」

でも何よりすごいのは美郷さんだ。谷さんの心を解きほぐした美郷さん。感心する。尊敬する。寺田ありすさんに、筒井美郷さん。この人たちには、やはりさんが付いてしまう。さん付けしてしまう。

何故かいつもより少しだけ甘く感じられる微糖の缶コーヒーを一口飲んで、僕は言う。

「谷さん」

「ん？」

「もう一人ではないじゃないですか」

谷さんはいくらかはにかんだように言う。

「うるせえよ」

「プロポーズの言葉とか、訊いたほうがいいですか？」

「訊いたほうがいいですか？　って何だよ」

「そういうの、訊かないのは逆に失礼かと」

「言わねえよ」

「ということは、言ったのはやっぱり谷さんなんですね」

「そりゃそうでしょ」と美郷さん。「さすがにわたしからは言わないよ。といっても、早く言いなよって言いそうにはなってたけど」

「なってたのかよ」と谷さん。

「催促したほうがいいって、秋乃ちゃんに言われてたもん。お兄ちゃんはそういうときモタモタするからって」

「マジかよ」

「それを先に言ってくださいよ」と僕は言う。

「ん？」と二人の声がそろう。

「異動の話より結婚の話のほうが先ですよ。おめでとうを言うタイミングを逃したじゃないですか。異動の驚きが先に来ちゃって」

「あぁ」と谷さん。

「おめでとうは、今のでもう言っちゃったね」と美郷さん。

「ではあらためて言いますよ」

「いいよ、そういうの」

「わたしも。ちょっと照れくさい」

「じゃあ、谷さんが最後の日にでも言いますよ」

そして僕は早口でこう続ける。

「と油断させておいて」

次いでこれはゆっくりと。

「お二人、ご結婚おめでとうございます」

㊟

この作品は、書下ろしです。

なお、本書に登場する会社等はすべて架空のものです。

みつばの郵便屋さん
あなたを祝う人

小野寺史宜

2022年 6 月 5 日　第1刷発行

発行者　千葉 均
発行所　株式会社ポプラ社
〒102-8519　東京都千代田区麹町4-2-6
ホームページ　www.poplar.co.jp
フォーマットデザイン　bookwall
校正　株式会社鷗来堂
印刷・製本　中央精版印刷株式会社

N.D.C.913/280p/15cm　ISBN978-4-591-17330-5

P8101442

ポプラ文庫好評既刊

みつばの郵便屋さん

小野寺史宜

郵便配達員・平本秋宏には年子の兄弟がいて、今やちょっとした人気タレント。一方、秋宏は顔は兄とそっくりだが、性格はいたって地味、なるべく目立たないようにしているのだが……。「あれ、誰かに似ていない？」季節を駆けぬける郵便屋さんがはこぶ、小さな奇蹟の物語。

ポプラ文庫好評既刊

みつばの郵便屋さん　先生が待つ手紙

小野寺史宜

みつば郵便局の配達員・平本秋宏は、ある日、配達先のマンションで不思議な女の子と出会う。不登校の少女とのやりとりが温かい「シバザキミゾレ」、転校した教え子との約束を描いた「先生が待つ手紙」など4話を収録。季節を駆けぬける郵便屋さんがはこぶ、小さな奇蹟の物語、第2弾！

ポプラ文庫好評既刊

みつばの郵便屋さん　幸せの公園

小野寺史宜

少し宛名が違っていても届けられれば届けたい。でも、さすがにこれは……宛先も差出人も不明のハガキ。だが、チラッと見えた文面に「思い」を察してしまった秋宏は、かすかな手掛かりをもとに謎の受取人を探し始める。心優しいポストマンが繰り広げる小さな奇蹟の物語。好評シリーズ第4弾！

ポプラ文庫好評既刊

みつばの郵便屋さん　奇蹟がめぐる町

小野寺史宜

郵便配達員・平本秋宏の初恋相手がみつばの町に引っ越して来た。転入通知をみてどぎまぎする秋宏は、配達人と受取人の関係にすぎないと心を落ち着かせようとするが……。懐かしい人生が交錯する「奇蹟がめぐる町」など全4話。ハートフルストーリー、人気シリーズ第5弾！

みつばの郵便屋さん　階下の君は

小野寺史宜

みつば郵便局勤務七年目となった平本秋宏も、いよいよ三十歳。町の人たちからは何かと頼られる存在になっていたが、配達先でのアクシデントはいまだに驚くことばかり。一通の手紙に託された思いと街角の人間ドラマを柔らかく受け止めながら、今日も風の中をゆく――配達員の活躍を描く人気シリーズ、第6弾！